Ce jeu irrésistible

JADESOLA JAMES

Ce jeu irrésistible

Traduction française de
CATHERINE BENAZERAF

AZUR

HARLEQUIN

Collection : Azur

Titre original :
REDEEMED BY HIS NEW YORK CINDERELLA

HARPERCOLLINS FRANCE
83-85, boulevard Vincent-Auriol, 75646 PARIS CEDEX 13
Service Lectrices — Tél. : 01 45 82 47 47 - www.harlequin.fr
ISBN 978-2-2804-7370-5 — ISSN 0993-4448

Composé et édité par HarperCollins France.
Imprimé en avril 2022 par CPI Black Print (Barcelone)
en utilisant 100% d'électricité renouvelable.
Dépôt légal : mai 2022.

MIXTE
Papier issu de sources responsables
FSC® C159065

Pour limiter l'empreinte environnementale de ses livres, HarperCollins France s'engage à n'utiliser que du papier fabriqué à partir de bois provenant de forêts gérées durablement et de manière responsable.

1.

Cela faisait bien longtemps que Laurence James Stone n'avait pas dîné seul au restaurant d'un hôtel, fût-il de luxe.

La salle à manger du Park Hotel – situé dans la partie nord de Manhattan – était dotée de ce faste un peu désuet qui ne séduisait plus les nouvelles générations. Néanmoins, l'on y mangeait très bien, et le service était impeccable.

C'était dans l'impressionnante salle de bal de ce même établissement que, quelques heures plus tard, Laurence accueillerait la fine fleur de la bonne société new-yorkaise.

L'agence de publicité « Laurence & Haddad », créée par lui-même et son associé, Desmond Haddad, était récemment entrée en Bourse, et la réception de ce soir avait pour objet de fêter cette réussite.

Laurence avait grandi dans un milieu privilégié. Cependant, il ne devait sa fortune qu'à ses propres efforts, ce dont il tirait une fierté légitime.

Rentré d'un voyage professionnel à Berlin suffisamment tôt pour se préparer en vue de la soirée, il avait gagné la suite qu'il réservait à l'année au dernier étage du palace, puis était descendu se restaurer.

À vrai dire, il se réjouissait d'autant plus de dîner tranquillement qu'il redoutait d'avoir à faire la conversation à des légions d'invités dans à peine quelques heures. Parmi ceux-ci, il en était un avec lequel il devrait faire preuve d'un surcroît d'attentions : Giles Mueller, le riche homme d'affaires avec lequel il espérait signer un très juteux contrat.

Rien qu'à y songer, Laurence était aussi crispé qu'au moment de pénétrer dans le cabinet d'un dentiste.

« Ne fais pas tant d'histoires ! » l'avait sermonné Desmond, lorsqu'il s'était ouvert à lui de ses appréhensions.

Desmond Haddad était l'exact opposé de son associé. Il affichait une assurance nonchalante qui contrastait étonnamment avec le sérieux un peu austère de Laurence. Desmond était toujours prêt à faire la fête, quand son ami ne se souciait que de travail. Lorsqu'ils avaient atterri à l'aéroport JFK, Desmond s'était emparé de l'ordinateur, de la tablette et du portable professionnel de Laurence, sans tenir compte des protestations de ce dernier.

« Je te rendrai tout cela après la réception, avait-il dit d'un air moqueur. Je sais qu'il ne sert à rien de te proposer de me rejoindre pour prendre un verre, mais je tiens à ce que tu sois frais et dispos pour accueillir nos invités. Tu peux quand même ne pas mettre le nez dans le boulot pendant quelques heures, non ? Franchement, mon vieux, j'ai du mal à croire que tu as toujours eu de l'argent. À en juger par ton addiction au travail, on penserait que tu viens tout juste d'échapper à la misère. »

Les jeunes gens s'étaient liés à l'internat de la prestigieuse école privée Phillips Exeter Academy, dans l'État du New Hampshire. Ce n'était pas le genre d'endroit fréquenté par des nécessiteux. Quand bien même Laurence ne doutait pas que la fortune de son sénateur de père soit très loin d'égaler celle que la famille de Desmond s'était constituée dans le pétrole. Ledit Desmond tapait dans la caisse familiale avec une joyeuse désinvolture, et ne comprenait rien au désir de Laurence de ne devoir sa prospérité à quiconque.

« Ton vrai problème, Laurence, répétait-il, c'est que tu es bien trop sage. »

Ma foi, songea Laurence, ce n'était peut-être pas faux.

Le restaurant était quasiment vide, et il s'en réjouit. Seule une jeune femme était installée face à la vaste cheminée. Un serveur à l'air harassé le dirigea vers la table voisine en s'excusant.

— J'espère que cela ne vous dérange pas, monsieur, mais nous sommes à court de personnel, et nous avons dû fermer la majeure partie du restaurant. Tout le monde est mobilisé par la réception qui a lieu dans quelques heures.

— Ce n'est pas grave, le rassura Laurence.

Le serveur lui tendit la carte puis s'éloigna, et Laurence laissa son regard errer vers la personne avec qui il partageait le lieu. À la voir engloutir allègrement un énorme repas, Laurence ne put s'empêcher de sourire. La jeune femme n'avait pas non plus lésiné sur la qualité. Sur la table, il remarqua les reliefs d'une boîte de caviar, des coquilles d'huîtres, et ce qu'il restait d'un steak au poivre.

— Vous avez fait votre choix, monsieur ?

Laurence cilla en s'entendant interpeller par le garçon.

— Apportez-moi un whisky, et je prendrai des huîtres gratinées moi aussi, répondit-il en désignant la table de sa voisine. Avec des pommes de terre à la crème.

L'homme s'éclipsa, laissant Laurence pianoter sur son téléphone personnel. Il n'en faisait que rarement usage, celui-ci ne disposant pas des applications qu'offrait son portable professionnel.

Il leva la tête en entendant le serveur s'adresser à sa voisine.

— Vous avez terminé, madame ?

— Oui, c'était parfait.

La voix douce, l'intonation grave, firent tendre l'oreille à Laurence. Où et quand les avait-il déjà entendues ? Discrètement, il observa les grands yeux bruns éclairant le charmant visage couleur café, la bouche pleine maquillée d'un rouge vermillon, la délicieuse fossette au menton.

Ravissante, songea-t-il, avant de reporter son attention sur son téléphone. Lorsqu'il entendit la jeune femme reculer sa chaise, il leva les yeux pour voir si l'allure était en accord avec le visage. De nouveau, il fut assailli par une impression de déjà-vu.

Qui était cette beauté ? Où, diable, avait-il pu la croiser ?

— Dois-je porter l'addition sur la note de votre chambre, madame ? questionna le garçon.

— Oui, bien sûr. Je suis au numéro 700.

— Ah, la Suite royale ! Très bien, madame.

Laurence ne put se retenir de froncer les sourcils. La suite numéro 700 était celle qu'il occupait.

Sans se démonter, l'effrontée signa la note d'un geste large, puis prit une dernière gorgée de champagne avec un plaisir manifeste. Tournant son regard vers lui, elle lui adressa un sourire timide, abaissant ses longs cils, tout en tamponnant d'un coin de serviette ses lèvres pulpeuses.

Partagé entre amusement et contrariété, Laurence comprit qu'une coquette somme venait d'être imputée sur son compte. Il se préparait à se lever pour se lancer à la poursuite de la jolie arnaqueuse, lorsque son téléphone vibra.

Ce qu'il lut sur l'écran, lui fit complètement oublier cette intention.

— Comment ça, tu es à *Dubaï* ?

La salle de restaurant étant déserte, Laurence ne s'était pas donné la peine de baisser la voix.

— *Aurelia ?* insista-t-il, n'obtenant pas de réponse.

Il entendit distinctement le bâillement d'Aurelia Hunter – sa supposée *petite amie*. Dubaï était à des milliers de kilomètres, et elle était censée l'accompagner à la réception.

— Un instant, veux-tu ?

Le ton irrité d'Aurelia laissa place à un bruit confus de draps froissés, puis au son étouffé de sa voix s'adressant mielleusement à quelqu'un.

— Aurelia ! protesta Laurence. Je te rappelle que tu t'étais engagée à m'escorter à la réception de ce soir !

Un silence incrédule fut la première réaction à cette apostrophe, puis Aurelia éclata de rire.

— Tu plaisantes ! s'exclama-t-elle.

— Pas le moins du monde ! Et ça n'a rien de drôle ! Je

devais te faire rencontrer les Mueller, et tu n'ignores pas à quel point c'est important. Qu'est-ce que tu fiches à Dubaï ?

— Si je comprends bien, tu n'as écouté aucun des messages que je t'ai laissés. C'est pour ça que tu ne m'as pas rappelée ?

Cette fois, Aurelia s'exprimait avec la froideur étudiée dont elle était coutumière.

— De toute évidence ! répliqua Laurence.

Maladroitement, il pianota sur son téléphone. La teneur des innombrables SMS d'Aurelia lui arracha une grimace. Il laissa échapper une succession de jurons éloquents.

— Tu…, tu romps notre relation ? bafouilla-t-il. Et par SMS, qui plus est !

— Je ne vois pas comment j'aurais fait autrement ! Tu as rejeté tous mes appels de la semaine. Et ton assistante a eu beau me seriner que tu étais constamment « en réunion », je ne suis pas dupe. Inutile de prétendre que je compte pour toi !

— Enfin, Aurelia, ce n'est pas une raison pour me quitter !

— Il n'y a pas que ça… J'ai rencontré quelqu'un.

Interloqué, Laurence fixa l'écran. Aurelia Hunter, une amie d'enfance, avait conclu avec lui une sorte d'accord mutuel, environ un an auparavant. Chacun accompagnait l'autre aux mondanités où il était de bon ton qu'ils se produisent en galante compagnie. Ceci, uniquement pour la galerie. Aurelia dirigeait l'importante entreprise de technologie héritée de son père, et n'avait pas plus de temps que Laurence à consacrer à sa vie amoureuse.

— Je suis désolée, Laurence. Ça dure depuis un mois et… Je ne peux plus continuer avec toi. Il va falloir que tu t'organises autrement pour le reste de la saison.

— C'est bien joli, mais tu me laisses tomber au pire moment. Rien que ce soir, je comptais sur ta présence pour décider Mueller à signer. Sans parler de tous les événements à venir !

— Eh bien, tu te débrouilleras sans moi ! Et si jamais tu me trouves une remplaçante, donne-toi au moins la peine de répondre à ses messages.

Laurence entendit Aurelia exhaler un long soupir.

— Tu n'as pas l'air de te rendre compte du pétrin dans lequel tu me laisses, maugréa-t-il.

Les clients de l'agence trouvaient rassurant d'avoir affaire à un interlocuteur suffisamment adulte pour être en couple. Cela donnait une image de stabilité et de sérieux qui les tranquillisait. Aurelia était la partenaire idéale. Il n'y avait entre eux aucun engagement affectif, et aucun des imbroglios afférents.

— Je suis désolée, Laurence, mais…

Il coupa la communication, agacé. Ah les femmes ! C'étaient décidément les créatures les plus *ridicules* qu'il se puisse être !

En frissonnant, Kitty ouvrit son petit sac à dos. Il faisait bien plus froid qu'elle ne s'y était attendue dans les toilettes pour dames du Park Hotel. Il était vrai qu'en cet instant elle ne portait rien d'autre qu'un minuscule slip de dentelle noire. Aussi s'empressa-t-elle d'extraire du sac la robe en soie qu'elle y avait glissée. Trouvée sur un site de location de vêtements de marque, la toilette datait de la saison précédente sans pour autant paraître démodée. Elle convenait parfaitement à la délicate minceur de Kitty, et l'étoffe d'un vert soutenu mettrait en valeur la carnation à la chaude tonalité héritée de ses ancêtres ghanéens.

Ainsi vêtue, elle afficherait l'élégance sexy permettant de se fondre dans la masse des invités à une prestigieuse soirée au sein d'un hôtel de luxe. Ce qui était indispensable, vu que Kitty n'y était nullement conviée. Elle espérait y rencontrer une certaine Sonia Van Horn, présidente d'un club très huppé de Long Island dont les membres fortunés n'hésitaient pas à contribuer à une noble cause à condition de ne pas salir leurs mains ornées de coûteux bijoux.

La fondation créée par Kitty, à laquelle elle consacrait tout son temps et toute son énergie, avait pour objectif d'accompagner des adolescents sans famille lorsqu'ils quittaient les structures d'aide à l'enfance. Pour mener à bien ses projets, il lui fallait de richissimes et généreux sponsors. C'était ce genre de gens avec lesquels elle pourrait entrer en contact dans le club sélect présidé par Sonia.

Remontant la fermeture à glissière de la robe, Kitty s'efforça de maîtriser les frissons que faisaient courir en elle aussi bien la fraîcheur de la pièce que sa nervosité.

Tant d'efforts pour côtoyer *les riches et puissants* !

Le dégoût lui fit crisper les mâchoires. D'expérience, elle savait que la horde d'insatiables rapaces rassemblés en ce lieu aurait consacré de longues heures – et des fortunes – à choisir bijoux, et tenues de grands couturiers. Maquillages et coiffures seraient l'œuvre de talentueux professionnels. Bien évidemment, Kitty ne disposait pas de pareilles ressources. C'était par ses propres moyens qu'elle avait discipliné son abondante et indocile chevelure, et elle retournerait la robe au site de location dès le lundi matin.

Dans l'univers de Kitty Asare, les marraines fées n'existaient pas, et elle s'en moquait bien. Pour rien au monde, elle n'aurait voulu appartenir à semblable clique. Dix années auparavant, elle s'en était approchée, et plus dure avait été la chute.

Fort heureusement, Kitty avait eu la sagesse de tirer les leçons de ses déboires. Il était vain de compter sur autrui, avait-elle appris. Elle n'avait nul besoin de ces gens-là. Juste de leur argent. Désormais, elle avait choisi de se servir de ce que la vie lui avait enseigné pour soutirer des fonds à ces privilégiés afin d'en faire profiter ceux qui en avaient le plus besoin : les laissés-pour-compte. Dont elle avait fait partie.

Prenant une profonde inspiration, Kitty écarta ces sombres pensées. Ce n'était pas le moment de s'attarder sur le souvenir de ce qu'elle avait perdu – encore moins de comment elle l'avait perdu. Même après dix années, cela suffisait à ce qu'elle sente son estomac se nouer. S'absorber dans de telles réflexions lui ferait perdre toute assurance.

Concentre-toi ! s'admonesta-t-elle.

Elle maîtrisait son rôle à la perfection. Sa robe était la tenue adéquate. Et elle avait pris des forces en s'octroyant un festin de roi. Un sourire flotta sur ses lèvres au souvenir de l'addition pharamineuse qu'elle avait fait imputer sur le compte de la Suite royale. C'était peut-être infantile, mais à y repenser Kitty se sentait un peu comme une sorte de Robin des bois.

Un seul client avait occupé la salle à manger, à part elle. Les lumières tamisées de la salle ne lui avaient pas permis de le voir distinctement. Elle avait vaguement perçu de larges épaules, un visage imberbe, des vêtements de prix. Manifestement un homme habitué à ce genre de vie.

Un regard à sa montre indiqua à Kitty qu'il était temps de gagner la salle de bal, même s'il valait mieux arriver un peu en retard pour s'introduire subrepticement dans une réception de pareille importance. C'était plus facile, lorsque les invités avaient déjà consommé quelques verres, que les agents de sécurité avaient baissé la garde, et que des groupes d'invités entraient et sortaient.

Jetant un coup d'œil à son reflet dans le miroir, Kitty se félicita de son allure. La robe épousait à la perfection sa silhouette svelte, et son discret maquillage était des plus réussis. Néanmoins, ses grands yeux brillaient d'une lueur exagérément anxieuse.

Kitty ramassa sa pochette ornée de sequins. Redressant ses frêles épaules, elle quitta la pièce en faisant claquer ses talons sur les dalles de marbre. Il ne lui fut guère difficile de se glisser dans un groupe d'invités vêtus avec recherche, qui se dirigeaient vers la salle de bal en traînant derrière eux de lourds effluves de parfum.

La soirée était organisée pour les clients d'une importante agence publicitaire. D'immenses affiches et des écrans présentaient les différents produits lancés par l'entreprise : des marques de whisky, des vignobles, quelques voitures de luxe, des parfums, des montres de prix…

Les femmes arboraient des robes de cocktail dans les couleurs à la mode de la saison : vert, bordeaux et or. Au moins, se félicita Kitty, elle avait fait le bon choix vestimentaire. Cependant, il était urgent qu'elle parvienne à localiser

Sonia. Extirpant son portable de sa pochette, elle rédigea un bref SMS :

> Coucou, Sonia, mon petit doigt me dit que vous assistez à la réception Laurence & Haddad. Où vous cachez-vous ? Je serais ravie de vous saluer.

C'était un peu une bouteille à la mer, car il y avait fort à parier que la quinquagénaire ne consulterait pas son téléphone au cours d'une manifestation de ce type.

Soudain, Kitty le repéra. L'homme de la salle à manger.

Elle avait eu beau seulement l'apercevoir, elle n'avait pu ignorer son charisme. Maintenant que l'occasion lui était donnée de le détailler de pied en cap, elle avait bien du mal à refréner un frisson naissant sur sa nuque pour envahir tout son corps.

L'homme était grand, et solidement charpenté. Le très sobre smoking noir mettait en valeur ses larges épaules et sa taille mince. Tout en trempant les lèvres dans une flûte de champagne, il promenait sur l'assistance un regard d'aigle.

Ses traits étaient trop irréguliers pour que l'on puisse vanter sa beauté. Néanmoins, il émanait de lui un indéniable pouvoir de séduction qui troublait Kitty au plus haut point. Se remémorant le regard de braise qu'il avait posé sur elle depuis sa table, elle rassembla son courage pour se diriger vers lui.

Une fois qu'elle fut suffisamment proche, elle lui décocha un coup d'œil assassin, se contentant d'un simple :

— Bonjour.

Lorsque l'inconnu reporta son attention sur elle, Kitty fut submergée par une vague de chaleur, vite remplacée par une bouffée de panique. Le visage au teint caramel lui apparaissait maintenant avec bien plus de netteté que dans le halo des lampes tamisées du restaurant.

Elle connaissait cet homme.

Ce visage émergeait de son passé, faisant remonter à sa mémoire des événements qui continuaient à la hanter au cours de longues nuits sans sommeil. Même après dix ans.

Kitty sentit tout son corps s'embraser. Dans un effort désespéré, elle se composa une expression impassible. Mais son interlocuteur n'avait pu manquer de percevoir son affolement. Sur les lèvres de Kitty flottait un nom dont elle gardait le souvenir cuisant. L'homme ne lui laissa pas le temps de le prononcer.

— Je suis Laurence Stone, et vous feriez mieux de déguerpir sur-le-champ.

2.

— *Laurence Stone*…, murmura Kitty.

— Ainsi, vous avez entendu parler de moi ?

Si elle avait entendu parler de *lui* !

En réalité, Kitty avait déjà croisé la route de Laurence. Une seule fois. Lors d'une réception en tout point semblable à celle de ce soir, hormis le fait que cela se passait dans l'imposant manoir des parents de ce dernier, à Long Island. C'était dix ans auparavant, à l'époque où Kitty avait été placée chez eux par les services sociaux de l'État de New York, dont le père de Laurence ambitionnait de devenir sénateur.

La mère du jeune homme, ex-top-modèle ghanéenne, trompait son ennui en s'investissant dans les bonnes œuvres. Kitty avait supposé que l'intérêt de celle-ci pour le social et leurs origines communes avaient conduit à son placement dans la famille. Cela faisait pratiquement une année qu'elle y vivait, lorsque Laurence – pensionnaire dans l'une des écoles privées les plus prestigieuses des États-Unis – était venu passer les fêtes de fin d'année à Long Island et assister à la réception que ses parents donnaient à l'occasion du nouvel an.

Peu de temps avant que Kitty ne soit jetée dehors de leur foyer, pour d'obscures raisons.

Néanmoins, mieux valait qu'elle ne s'attarde pas trop sur de tels souvenirs. Sinon elle risquait d'avoir le plus grand mal à conserver son calme.

Laurence Stone.

Il avait passablement changé, depuis le jeune métis anguleux rencontré autrefois. Un garçon suffisamment attirant, cependant, pour que Kitty ait senti s'emballer son cœur de gamine de dix-sept ans. C'était un homme qu'elle avait aujourd'hui devant elle – un homme dont le sérieux faisait oublier la désinvolture espiègle de l'adolescent. Il la dominait de toute sa haute stature, donnant à Kitty le sentiment d'être minuscule. Ce qui était plutôt surprenant, sachant qu'elle ne mesurait pas loin d'un mètre quatre-vingts.

Laurence observait un mutisme obstiné, se contentant d'abaisser vers elle un regard impassible.

Confuse, Kitty sentait le rouge lui monter aux joues.

— Eh bien ? finit-il par lâcher d'une voix de baryton.

Reculant d'un pas, elle déglutit avec peine. Les lèvres sensuelles de Laurence s'incurvèrent en une très légère moue. De toute évidence, il n'ignorait rien de son trouble. Les prunelles sombres la détaillèrent de la tête aux pieds.

C'était comme si ce regard la déshabillait entièrement, pour évaluer à qui il avait affaire.

Il ne me reconnaît pas.

Kitty ne s'était jamais autant réjouie d'avoir terriblement changé, par rapport à la lycéenne fluette qu'elle était à l'époque de leur rencontre. En ce temps-là, elle portait les cheveux coupés très court. Rien de commun avec l'abondante chevelure de jais qui cascadait sur ses épaules à présent.

— Je vous ai vu dans la salle de restaurant, et…

Elle n'osa pas poursuivre.

— *Et ?* fit-il avec un sourire qui n'avait rien d'aimable.

— Et j'ai eu envie de venir vous saluer.

Redressant les épaules, Kitty pointa vers Laurence un menton insolent. Pour qui cet homme se prenait-il ? De quel droit la regardait-il comme si elle était quelque misérable insecte sorti de sous un vulgaire rocher ?

— Mais il est clair que vous êtes très occupé, reprit-elle d'un air pincé. Je crois que je ferais mieux de…

— Je vous avais remarquée, moi aussi, l'interrompit-il. Avez-vous apprécié votre repas ?

— Mon… ?

— Oui, celui qui m'a valu une addition astronomique. J'avoue que vous avez très bon goût, pour une voleuse. Un caviar d'exception arrosé de champagne, un steak de bœuf de Kobe…

Ce fut plus fort qu'elle ! Kitty lâcha à mi-voix une imprécation bien sentie. Elle vit Laurence hausser les sourcils.

— Charmant ! fit-il d'une voix traînante.

Cette fois, il était clair qu'il se creusait la cervelle pour savoir qui elle était.

— Curieusement, j'ai la vague impression de vous avoir déjà vue en d'autres circonstances, enchaîna-t-il. C'est juste que je n'arrive pas à…

— Laurence ?

Un homme venait d'interpeller Laurence qui fit volte-face. Son expression changea du tout au tout. On aurait dit que le soleil venait de poindre à travers des nuages d'orage.

— Giles ! s'exclama-t-il.

Assénant une cordiale tape dans le dos de l'arrivant, Laurence l'entraîna à l'écart.

Apparemment, Kitty ne faisait plus partie de ses préoccupations. Sans demander son reste, elle pivota sur ses talons. Il était grand temps qu'elle rebrousse chemin. Tant pis pour Sonia ! Vite, récupérer son sac à dos, et reprendre le métro pour son modeste logement du Queens !

En l'espace de quelques secondes Laurence oublia la jeune femme à l'expression alarmée. Comme d'habitude, les préoccupations professionnelles reprenaient toute la place dans son esprit.

— Laissez-moi vous offrir quelque chose à boire, Giles, dit-il en entraînant l'homme vers le bar.

Au cours des années, il avait appris à cataloguer les différents types de clients. Giles était de ceux qui adorent qu'on les courtise. Habituellement, c'était Desmond qui se chargeait de la tâche, vu qu'il y excellait bien mieux que Laurence. Mais, pour l'instant, Desmond semblait s'être évaporé. Or, l'agence ne pouvait risquer de perdre un marché aussi juteux que celui que Mueller était susceptible d'apporter.

Propriétaire d'un champ de courses, l'homme était décidé à mettre en œuvre tous les moyens nécessaires pour évincer ses concurrents sur la côte Est des États-Unis. Son objectif ultime était de rendre les courses de chevaux aussi populaires que le base-ball. Doté d'une considérable fortune, il était à la recherche de l'agence de publicité qui saurait créer le buzz autour de son hippodrome, et en remplir les tribunes.

Grâce au sénateur Stone – son imbécile de père –, dont c'était la passion, Laurence avait une connaissance assez approfondie du sport hippique. Cela lui avait servi à retenir l'attention de Giles Mueller, lorsque Desmond et lui-même avaient présenté leur projet. Depuis, le milliardaire les menait en bateau, se délectant d'être l'objet de leur empressement sans en venir à leur annoncer une décision dont Laurence ne doutait pas qu'elle soit déjà prise. Ce soir, la défection d'Aurelia ne faisait que compliquer les choses.

— Je me réjouis de vous accueillir dans ma loge, le week-end prochain, déclara Giles.

— C'est *moi* qui suis impatient de découvrir votre hippodrome. C'est le turf préféré de mon père, savez-vous ?

Pareille référence laissait un goût amer dans la bouche de Laurence. Néanmoins, la pensée des millions de Giles aidait à faire passer la pilule.

Mueller bomba le torse à l'idée d'avoir le soutien d'un homme politique aussi influent que le sénateur Stone.

— Surtout, dites-lui bien qu'il a une loge réservée, minauda le milliardaire.

— Bien sûr, Giles.

Tu peux toujours attendre !

Laurence n'avait pas adressé la parole à son père depuis de longues années.

— Amenez votre fiancée, Laurence. Nous comptons sur elle, car Doris a prévu des divertissements pour les dames.

Ce n'était pas le moment d'informer Giles Mueller que ladite « fiancée » avait déserté le navire. Doris Mueller était le genre d'hôtesse à se mettre dans tous ses états s'il lui fallait revoir son plan de table au débotté.

Fort heureusement, le couple Mueller n'avait encore jamais rencontré Aurelia en chair et en os. Peut-être cela laissait-il l'opportunité de lui trouver une remplaçante au pied levé…

— Bien sûr que nous viendrons tous les deux, Giles, lui assura-t-il. Nous avons hâte !

Dès qu'il put s'éclipser, Laurence gagna l'extérieur de l'hôtel. La façade était en travaux et des échafaudages encadraient l'entrée principale. Le vent s'était levé, aussi trouva-t-il refuge sous les bâches en plastique tendues de chaque côté du passage menant à la porte tambour.

Le regard perdu sur la rue, il s'agaça d'être à ce point irrité. La rupture avec Aurelia ne méritait que son indifférence !

Une femme émergea sur le seuil de l'hôtel et vint se réfugier sous son abri de fortune. *Encore elle !*

— *Vous ?* s'exclama-t-il.

Après tout, c'était peut-être une distraction bienvenue, susceptible de dissiper – au moins temporairement – la contrariété dans laquelle l'avait plongé Aurelia.

Au demeurant, ladite distraction semblait fort attirante. Au restaurant, il avait noté que la jeune femme était vêtue d'un affreux sweat-shirt et d'un blue-jean défraîchi. Lorsqu'elle l'avait approché, dans la salle de réception, il n'avait pas manqué de remarquer son changement de tenue : la robe courte et ajustée mettant en valeur ses jambes interminables ; le corsage, un peu trop large, laissant deviner les rondeurs d'une poitrine suffisamment haute et ferme pour se passer de soutien-gorge.

Ce fut avec amusement que Laurence constata l'embarras de la charmante resquilleuse. Elle arborait un air gêné, et son visage était devenu écarlate. Pourtant, si elle avait eu l'impudence de s'offrir un repas raffiné aux frais d'un inconnu, elle aurait pu avoir le courage d'assumer son acte !

Laurence fit un pas en avant, constatant que la respiration de la jeune beauté s'accélérait. Il était suffisamment proche d'elle pour que des effluves d'eau de rose lui parviennent – ainsi qu'une fragrance plus sensuelle, évocatrice d'huiles parfumées. Quelque chose de doux et insistant, sans être mièvre, qui semblait fait pour s'accorder avec cette peau satinée sur laquelle Laurence mourait d'envie d'appliquer une main.

Et qu'était-ce donc que cette étrange impression de déjà-vu qui revenait le titiller ? Il était clair qu'il avait rencontré cette femme ailleurs. Mais où ?

Ce qui se passa ensuite fut tellement subit que Laurence n'eut même pas le temps de comprendre de quoi il en retournait. Tout à coup le visage de la jeune femme se révulsa. Juste au-dessus de leurs têtes, il entendit un cliquetis de ferraille. Une violente poussée en plein buste le fit basculer en arrière. Tous deux roulèrent sur la chaussée, pendant que retentissaient craquements et grincements sinistres.

Le premier souci de Laurence fut la crainte qu'ils ne passent sous les roues d'une voiture. Tendant les bras à l'aveuglette, il les referma autour de son ange gardien, puis roula sur le sol avec elle. Le petit cri de douleur qu'elle poussa ne l'arrêta pas dans son élan. Sa seule préoccupation était de la mettre en sécurité.

Ensuite, ce fut un fracas assourdissant et un nuage de poussière, accompagnés de cris stridents et exclamations. L'échafaudage sous lequel ils s'abritaient quelques secondes plus tôt venait de s'effondrer dans une avalanche spectaculaire de métal et de bois.

3.

Laurence Stone.

— Je ne vois pas pourquoi vous refusez que je vous conduise à l'hôpital, grommela-t-il.

Dans la tête de Kitty, le nom de l'homme qu'elle venait de sauver de la mort tambourinait au rythme sourd de la migraine qui s'intensifiait de seconde en seconde.

— Je vous ai déjà dit que mon assurance ne couvre pas les visites aux urgences.

— Et moi, je vous ai déjà dit que je paierai, tonna-t-il. C'est bien le moins que je puisse faire : vous m'avez sauvé la vie !

— Je refuse de vous laisser payer pour…

— Ah bon ? Je peux régler votre repas, mais pas vos frais médicaux ? C'est un monde ! Tenez-vous tranquille.

De grandes mains, étonnamment délicates, palpèrent les bras, le dos, les tempes de Kitty. Elle fut secouée par une violente nausée, tandis qu'elle prenait subitement conscience que tous deux venaient de frôler la mort.

— Vous claquez des dents, fit-il en retirant sa veste.

Kitty se retrouva enveloppée dans l'étoffe la plus raffinée qu'elle eût jamais touchée. Même le parfum qui en émanait évoquait la richesse, et elle sentit la tête lui tourner encore davantage. Laurence la regardait d'un air toujours sévère, mais c'est avec douceur qu'il referma sur elle les pans du vêtement.

Elle en eut instantanément les larmes aux yeux. Afin de les retenir, elle abaissa les paupières. Pleurer était un luxe qu'elle ne s'autorisait que très exceptionnellement.

Elle sursauta en sentant la chaleur des longs doigts effleurant sa joue gauche. Comme pour s'assurer qu'elle ne portait pas de blessure.

— Ouvrez les yeux, lui intima-t-il.

Kitty battit des paupières, puis s'exécuta.

— Êtes-vous blessé ? questionna-t-elle.

Bien que l'on soit au début de l'été, elle avait l'impression que la température avait radicalement chuté.

— Non, pas du tout, répondit Laurence.

Apparemment, il n'avait même pas une égratignure. Seul son pantalon de smoking portait des traces de poussière. En dépit de l'assurance qu'il affichait, elle le vit jeter un coup d'œil médusé à l'amoncellement de gravats sous lequel ils avaient failli être ensevelis.

Des gens commençaient à surgir du hall de l'hôtel, prenant conscience de la situation avec effroi. Au milieu des exclamations, chacun empoignait son téléphone portable.

— Suivez-moi, déclara Laurence. Allons mettre un peu d'ordre dans votre tenue. Pas besoin de vous rappeler que je loge dans la suite numéro 700. C'est bien sur ce compte que vous avez fait porter la note de votre repas, non ?

Allait-il continuer longtemps à faire des allusions aussi lourdes à cet épisode ? La colère qui assaillit Kitty lui apporta la décharge d'adrénaline dont elle avait besoin.

— Il n'est pas question que je vous accompagne dans votre chambre ! protesta-t-elle. Ni où que ce soit, d'ailleurs !

— Ne soyez pas ridicule ! Vous m'avez sauvé la vie, et je ne vais pas vous remercier en vous sautant dessus. D'accord, vous ne voulez pas aller à l'hôpital, mais permettez-moi de vérifier que vous n'avez rien de sérieux. Qu'est-ce qui nous dit que vous ne souffrez pas d'une commotion cérébrale ?

— *Ridicule !*

Elle n'avait pas reçu de coup à la tête. Certes, un filet de sang coulait le long de son bras, sa hanche lui faisait mal, et ses paumes étaient écorchées, mais rien de plus.

C'était à Laurence qu'elle devait de s'en être tirée à si bon compte. Au moment de leur chute, il l'avait enlacée, roulant au sol avec elle pour *la protéger*.

— Venez au moins avec moi pour échapper aux caméras, déclara Laurence.

Il promena son regard à la ronde, et ajouta entre ses dents :

— Bon sang, les vautours sont déjà là !

Après un instant d'hésitation, Kitty approuva d'un signe de tête. Sauf qu'elle chancela au moment de lui emboîter le pas, et Laurence passa un bras autour de sa taille pour l'entraîner vers le hall. Kitty s'attarda sur des sensations inconnues d'elle : le contact délicieusement soyeux de l'élégante chemise contre sa joue, la puissance de la musculature perceptible à travers l'étoffe…

— Nous ne sommes plus très loin de l'ascenseur. Ça ira ?

La voix sourde de baryton avait résonné jusqu'au tréfonds de son être, faisant naître des frissons au creux de son ventre.

— Ça va très bien, répondit-elle.

— Il vaut mieux que je ne vous lâche pas. Incroyable, cette manie que vous avez de vous jucher sur des échasses, vous les femmes !

C'était à croire qu'être passée si près de la catastrophe avait annihilé en elle tout sens commun, songea Kitty, car elle se blottit un peu plus étroitement dans la chaleur du torse robuste, et suivit son guide docilement. Après tout, Laurence n'était pas véritablement un inconnu, se rassura-t-elle *in petto*. Quand bien même il semblait ignorer l'avoir déjà rencontrée.

Évitant les ascenseurs du hall, il l'entraîna jusqu'à un autre appareil, dissimulé derrière des boiseries. Relâchant son étreinte, Laurence s'assura que Kitty tenait debout, puis fourragea dans la poche de son pantalon dont il extirpa une carte magnétique qu'il appuya sur le capteur.

Pendant le court instant durant lequel ils attendirent que s'ouvrent les portes de la cabine, Kitty s'accorda le temps d'étudier attentivement son cicérone. L'impressionnante carrure était surmontée d'un visage mince, couronné d'une chevelure d'un noir d'encre, coupée très court. Cils et sourcils de jais ressortaient sur l'épiderme cuivré. Soudain, une image s'imposa à l'esprit de Kitty : le chaleureux regard, couleur d'ambre, sondant le sien tandis que tous deux conversaient à la lueur tremblante des chandeliers du salon de réception où les parents du jeune homme recevaient amis et connaissances.

Il s'était montré particulièrement bienveillant, au cours de cette nuit-là, la prenant sous son aile quand personne d'autre ne lui prêtait la moindre attention. Tout ce beau monde virevoltait dans l'immense salle, frôlant les dalles de marbre du pas léger des anges, sans même remarquer la jeune et innocente Kitty, fascinée par tant d'élégance, et désespérée à l'idée de ne jamais l'égaler.

Après avoir traversé l'immensité de la pièce, avec deux verres de vin piqués au vol sur le plateau d'un serveur, Laurence était venu se planter devant elle – improbable prince charmant, dans son costume à la dernière mode.

« On s'ennuie à mourir, non ? » avait-il bougonné, sans plus de cérémonie, en s'asseyant auprès d'elle.

Sans qu'elle n'y puisse rien, Kitty avait senti les larmes lui monter aux yeux, tant elle était soulagée que quelqu'un remarque enfin son existence.

Ensemble ils avaient siroté le vin liquoreux, tout en fournissant des efforts maladroits de conversation. Puis, lorsqu'un carillon avait sonné les douze coups de minuit, tandis que chacun des invités embrassait ses voisins, Laurence s'était penché pour effleurer d'un baiser sa joue rougissante.

« Bonne année », avait-il lâché d'un ton bourru.

Ensuite, il s'était levé et avait conclu leur rencontre par un brutal :

« Maintenant, moi, je file. »

En un éclair, il avait disparu. Probablement, avait supposé Kitty, en direction d'une fête rassemblant la jeunesse dorée des environs, où elle n'avait pas l'honneur d'être invitée.

Dès qu'elle avait pu s'éclipser, Kitty s'était réfugiée sous sa couette, revivant par la pensée le déroulement de la soirée. Quand bien même il ne s'était pas passé grand-chose, la gentillesse manifestée par Laurence à son égard lui avait réchauffé le cœur tout au long des journées solitaires qu'elle avait connues ensuite. C'était le dernier souvenir heureux qu'elle avait emporté de son séjour dans la famille Stone.

Même dix ans après, Kitty restait profondément blessée par la manière dont elle en avait été congédiée. Le sénateur Stone – censé être son père nourricier – ne s'était même pas donné la peine de lui expliquer de vive voix les raisons de son renvoi.

Un matin, Kitty avait eu la mauvaise surprise de trouver Anna, son éducatrice, à l'arrière du véhicule qui venait la chercher pour la conduire au lycée privé où elle était inscrite grâce à la générosité des Stone. En la voyant, Kitty avait senti le sol se dérober sous ses pieds. Avec sa longue expérience du système, elle n'ignorait pas que ce genre de visite impromptue ne signifiait rien de bon.

« Quelques… *complications* sont survenues, Katherine, avait dit Anna en se tordant les mains. Je suis désolée, mais il va falloir que tu viennes avec moi. »

Le soir même, Kitty avait été ramenée au manoir pour récupérer ses affaires déposées devant la porte d'entrée. Peu après, convoquée dans un cabinet d'avocats, elle s'était vu intimer de signer un accord de confidentialité. Comme dans un brouillard, elle avait entendu l'homme lui indiquer qu'elle ne devait en aucun cas parler à la presse, précisant que le sénateur Stone s'engageait à financer ses quatre années d'études universitaires à venir si elle obtempérait.

Ce à quoi, Kitty avait rétorqué, relevant fièrement la tête :

« Je ne veux pas de son argent ! »

Même à dix-sept ans, elle se refusait à accepter ce qu'elle percevait comme une tentative de corruption.

« Je respecterai mon engagement, avait-elle ajouté. Si le sénateur Stone juge que j'ai commis un acte tellement affreux que je ne mérite même pas qu'il s'adresse à moi face à face… »

Les sanglots l'avaient empêchée de poursuivre. Cependant, elle avait continué à refuser obstinément toute aide financière. Pour couper court à ses protestations véhémentes, l'avocat avait rédigé en hâte un document par lequel elle y renonçait. Effaçant ses larmes d'une main rageuse, elle avait signé, avant de sortir la tête haute.

Fin du conte de fées : Cendrillon était rattrapée par son triste destin !

Malgré tout, Kitty avait passé brillamment son examen de fin d'études secondaires, puis obtenu une bourse pour l'université publique de la ville de New York dont elle était sortie diplômée. Désormais, elle gérait sa propre fondation, dans le but d'aider des jeunes vivant une situation similaire à la sienne.

Certes, Kitty avait été très longtemps tenaillée par une colère sourde. Néanmoins, elle était parvenue à canaliser ses émotions et à y puiser l'énergie suffisante à rassembler les fonds nécessaires à son œuvre. Aujourd'hui, elle vivait de la manière la plus frugale qu'il se puisse être. Tout l'argent qu'elle obtenait – qu'il s'agisse de dons, de subventions, ou autres – passait dans le soutien à ceux qui en avaient besoin.

Ce soir le hasard avait fait qu'elle croise à nouveau la route de Laurence Stone, et toute cette histoire lui était revenue à l'esprit avec une précision bouleversante.

L'ascenseur les emporta directement dans le vestibule de la Suite Royale. Il donnait accès à un immense salon dont le haut plafond vitré offrait une hallucinante perspective sur les gratte-ciel environnants et la myriade d'étoiles constellant le ciel. L'on avait presque l'impression d'être à l'extérieur. Les murs de la pièce étaient d'une sobre couleur pierre, et le parquet ciré disparaissait pratiquement sous l'accumulation d'épais tapis moelleux dans des tons rouille, chocolat et terre de Sienne. Le mobilier, manifestement hors de prix, était de style anglais et probablement d'époque.

Laurence alla directement jusqu'au combiné téléphonique posé sur une table basse.

— J'ai besoin d'une trousse de secours, dit-il. Ainsi que d'un seau de glace.

Après s'être débarrassée de ses inconfortables talons hauts, Kitty s'approcha d'un pas hésitant du canapé que Laurence lui avait indiqué d'un signe de la main. Elle s'y posa timidement avant de se relever d'un bond. Sa robe était couverte de poussière, et du sang continuait à sourdre des écorchures à son épaule. Peut-être ferait-elle mieux de chercher une salle de bains avant d'oser s'asseoir, résolut-elle.

D'un geste brusque, Laurence reposa le récepteur, la faisant sursauter. Fronçant les sourcils, il tourna vers elle un regard interrogatif.

— Que faites-vous ? Asseyez-vous.

— Je crains de salir votre canapé…

— Ce n'est pas *mon* canapé, c'est celui de l'hôtel. Asseyez-vous, bon sang !

Ayant lancé cet ordre impératif, Laurence se dirigea vers le minibar.

— Un whisky me semble tout indiqué, lança-t-il. Nous pouvons bien porter un toast à la vie, puisque nous avons failli la perdre. En plus, j'ai eu une soirée abominable.

Il avait formulé cette ultime remarque comme s'il se faisait la réflexion à lui-même. Voyant qu'il débouchait la bouteille, Kitty bredouilla :

— Je… je ne…

— Vous ne buvez pas d'alcool ? C'est une plaisanterie, j'espère. Après le champagne que vous avez fait mettre sur le compte de cette chambre !

Encore une fois, il ramenait sur le tapis ce fichu dîner. Kitty se renfrogna. D'un geste large, elle montra la pièce.

— On peut difficilement qualifier ce lieu de *chambre* ! lança-t-elle sèchement. Et si vous y logez, je suppose que vous avez les moyens de payer une bouteille de champagne.

Cette manifestation de mauvaise humeur fit se tourner Laurence qui haussa les sourcils.

Kitty pointa vers lui un menton belliqueux. N'aurait-elle pas dû trembler de peur ? songea-t-elle. Elle s'adressait au fils du sénateur Stone, et les conséquences de leur rencontre étaient difficilement prévisibles. De plus, ne risquait-elle pas d'être arrêtée pour cet acte stupide de grivèlerie ? Cependant, la lueur qui brillait dans le regard énigmatique dissipa toutes les appréhensions de Kitty.

Oui, elle ne s'y trompait pas. Laurence était *amusé*.

Kitty en fut rassérénée.

Versant quelques doigts de whisky dans deux verres, il lui en mit un d'autorité dans la main, puis leva le sien avec l'un de ces sourires à peine ébauchés dont il semblait coutumier.

— À votre santé ! fit-il avant d'y tremper les lèvres.

Il reposa le verre sur la table basse et ajouta :

— J'ai assez bu pour ce soir, en fait.

À peine eut-elle pris une gorgée du liquide ambré que Kitty s'étouffa. Elle n'avait pas l'habitude des breuvages aussi forts.

Laurence fut empêché de tout commentaire par un coup frappé à la porte d'entrée. Il alla ouvrir sur un garçon d'étage en veste blanche chargé d'une imposante trousse de premiers secours et d'un seau à glace en argent.

Après avoir assuré l'homme qu'il n'avait nul besoin de son assistance, Laurence explora le contenu de la sacoche d'où il sortit une paire de gants en latex bleu. Les ayant enfilés péniblement sur ses grandes mains, il se munit de tampons de gaze et d'un flacon d'alcool.

Revenu auprès de Kitty, il se pencha vers son épaule dont il examina attentivement la blessure.

— Baissez cette bretelle, ordonna-t-il tout en lui effleurant la clavicule du pouce.

Kitty sursauta à ce contact.

— Quoi ?

— Pas de panique, je vous demande juste de baisser la bretelle de votre robe, pas de vous déshabiller.

Laissant échapper un grognement sourd, il fixa son attention sur les écorchures, puis insinua un long doigt sous le bord du décolleté pour le faire descendre un peu plus bas. Retenant son souffle, Kitty sentit son dos se cambrer instinctivement, et ses mamelons durcir. Ce que Laurence ne pouvait ignorer à travers la fine étoffe de soie. D'autant que l'absence de soutien-gorge les rendait encore plus visibles.

Elle bougea pour camoufler son malaise.

— Tenez-vous tranquille, protesta Laurence.

Au coup d'œil dont il la gratifia, Kitty sentit le rouge lui monter aux joues. De plus, le sourire moqueur incurvant ses lèvres ne laissait pas place au doute : il avait remarqué.

Avec une profonde inspiration, elle abaissa les paupières. Erreur fatale ! Tous ses autres sens en furent exacerbés. Des effluves de whisky mêlés à ceux d'une eau de toilette épicée et d'un épiderme mâle firent monter en elle la tentation de s'abandonner dans cette aura de chaleur virile.

— Vous avez plusieurs méchantes éraflures, marmonna son infirmier improvisé. Je vois même des gravillons dans l'une d'entre elles. Il faut les retirer, mais ça va faire mal.

— Pas grave, souffla Kitty, avant d'ingurgiter une gorgée de whisky. Allez-y.

Surtout, ne pas donner à Laurence la satisfaction de la voir grimacer ! s'intima-t-elle. D'une certaine façon, la douleur serait la bienvenue. Peut-être l'aiderait-elle à oublier la pulsation sourde qui s'était mystérieusement éveillée à l'apex de ses cuisses. D'instinct, elle les serra.

— Je suis prête, ajouta-t-elle d'une voix bien plus haletante qu'elle ne l'aurait souhaité.

En dépit du sang-froid d'airain qui était sa marque de fabrique, Laurence Stone vivait un moment des plus inconfortables.

Tout en nettoyant très délicatement les minuscules débris et le sang sur la peau d'ébène, il songea que cette soirée avait été un véritable désastre. D'abord la désertion d'Aurelia, puis il s'en était fallu d'un cheveu qu'il ne trépasse, et maintenant…

Mieux valait ignorer la tension perceptible chez la jeune femme. Et la manière dont les douces rondeurs de sa poitrine pointaient vers le haut, comme en une muette offrande. Toutes les terminaisons nerveuses de Laurence étaient en éveil – et ce, depuis qu'elle l'avait mis hors de danger d'une vigoureuse bourrade.

Tu as bel et bien failli y passer, mon vieux !

Pour un peu, il aurait pu être réduit en bouillie.

Arrête de fantasmer !

La confrontation avec l'éventualité de sa propre mort secouait Laurence comme cela ne lui était jamais arrivé. Il avait pour habitude de tout planifier. Sa vie n'était qu'un enchaînement d'événements programmés selon une évaluation précise des risques, prenant en compte avantages et profits. Il supportait très difficilement de se trouver confronté à l'imprévisible et l'inattendu.

Pour échapper à ces dérangeantes réflexions, il n'avait d'autre solution que de fixer ailleurs son esprit. Or, pour l'instant – hélas ! – la seule distraction qui s'offrait à lui était constituée par les courbes déliées de la jeune beauté à la crinière de jais assise à ses côtés.

Dès qu'elle avait pris place sur le canapé, puis avait fait glisser sur son épaule la bretelle de sa robe, il avait senti toute la tension de cette soirée se concentrer au niveau de son entrejambe.

Entendre la respiration hachée de la jeune femme n'aidait pas à lui faire retrouver sa sérénité. Certes, son ange gardien était d'une minceur un peu trop accentuée au goût de Laurence, cela n'empêchait pas qu'une indéniable sensualité émane d'elle.

Or, il aurait suffi qu'il tire légèrement sur le corsage pour révéler les seins ronds, les prendre dans ses mains, y poser ses lèvres…

— Ça suffit ! se surprit-il à lâcher à haute voix.

C'était à lui-même que s'adressait cette injonction. Néanmoins, les prunelles noisette se fixèrent sur lui. Ce que Laurence pouvait y lire reflétait la même évidence que celle qui devait se peindre sur son visage en cet instant.

Un désir mutuel.

La jeune beauté n'était pas suffisamment avertie pour dissimuler ses émotions – autre différence cruciale avec celle qui venait de le plaquer.

S'éclaircissant la gorge, Laurence se recula tout en fixant

habilement un bandage autour du bras de la jeune femme. Après y avoir porté un regard satisfait, elle leva vers lui le verre qu'elle avait gardé en main.

— C'est très impoli, vous savez, de laisser une femme boire seule, dit-elle.

Laurence partit d'un grand éclat de rire, ce qui soulagea quelque peu la tension régnant entre eux.

Se saisissant de son verre, il avala ce qu'il y restait. Puis il remonta la bretelle sur la ravissante épaule.

— Le pansement jure un peu avec votre robe, dit-il, mais au moins vous pouvez vous considérer comme hors d'affaire.

Reprenant la carafe de whisky, il la leva vers la jeune femme. Elle secoua la tête.

— Je crois que je ferais mieux de me contenter d'un verre d'eau.

Laissant échapper un petit rire, Laurence se resservit. Ce fut en fermant les yeux qu'il avala une longue gorgée, suivant le parcours du liquide dans sa gorge, la tête appuyée au dossier du canapé. Il avait envie de jouir de cet instant, de cette paix.

Ils demeurèrent silencieux, jusqu'à ce que sa bienfaitrice dise d'une voix très douce :

— Nous avons bien failli mourir.

— Oui, mais nous sommes en vie. Que demander de plus ? Oubliez tout cela, sinon vous ne voudrez plus jamais passer sous un échafaudage.

Sourcils froncés, la jeune femme mordit farouchement sa lèvre inférieure. Se penchant vers elle, Laurence appuya le pouce sur la fossette qui marquait son menton, afin de lui faire lâcher prise.

— Nous sommes sains et saufs, insista-t-il. Ça se fête, non ? Ensuite, il faudra tourner la page.

Un instant, l'inconnue – mais l'était-elle vraiment ? – fit mine de vouloir dire quelque chose. Elle ouvrit et referma la bouche. Puis plus rien.

Car soudain, le corps souple s'était plaqué à celui de Laurence, et elle l'embrassait avec fougue.

4.

Divin ! Quel autre qualificatif employer pour évoquer le contact des lèvres de Laurence ? songea Kitty.

Elle l'avait manifestement pris de court, car il s'était raidi. Pourtant, elle entrouvrit la bouche pour approfondir son baiser.

À quoi joues-tu, bon sang ?

Était-elle simplement en train de chercher – par n'importe quel moyen – à soulager l'incroyable tension qui tendait son corps comme un arc ? Était-ce le whisky qui lui était monté à la tête, lui faisant commettre un acte aussi stupide ?

Et rêvait-elle, ou… ? Oui, Laurence lui rendait son baiser !

Ce fut à peine esquissé, mais suffisant pour que Kitty goûte un délicieux mélange d'alcool et d'épices. Et, surtout, qu'elle sente une décharge de volupté la transpercer, à travers le brouillard de désir dans lequel elle flottait.

— *Oh oui…*, murmura-t-elle contre les lèvres de Laurence.

Le son de sa propre voix dissipa le charme. Presque instantanément, Laurence s'écarta. Son regard n'affichait qu'une indifférence prudente. Cependant, son expression était suffisamment fiévreuse pour que le cœur de Kitty continue à battre la chamade.

Comment était-il possible que Laurence Stone puisse la désirer, *elle* ?

— Vous vous sentez bien ? demanda-t-il brusquement. Je me demande si vous n'avez pas un peu trop bu…

Kitty s'empourpra. Sans trop savoir comment, elle réussit à se mettre debout. À son grand soulagement, elle constata que la pièce ne tournait pas autour d'elle, et que ses jambes la portaient. Se passant la langue sur les lèvres, elle y retrouva la saveur de celles de Laurence.

— Je suis désolée, lâcha-t-elle.

— Il n'y a pas de quoi, rétorqua-t-il, imperturbable. Nous avons traversé une expérience traumatisante. N'en parlons plus !

L'entendre affirmer qu'il préférait oublier ce qu'il venait de se passer aurait dû réjouir Kitty. Au lieu de quoi, elle fut submergée par une vague de colère dont l'intensité la surprit elle-même. Encore une fois, elle se voyait congédiée sans autre forme de procès. Comme toujours !

C'est ridicule ! Il ne sait même pas qui tu es.

Le hasard avait voulu qu'elle croise la route du fils de l'individu qui l'avait si brutalement chassée de chez lui. Bouleversée par cette rencontre, et encore plus par le fait d'avoir été à deux doigts de perdre la vie, elle avait embrassé ce fantôme de son passé dans un moment d'égarement.

— Je vais vous faire raccompagner, dit-il après un silence.

Se contentant d'acquiescer d'un signe de tête, Kitty alla enfiler ses chaussures abandonnées à l'entrée du salon.

Dans l'ascenseur, ils se firent face sans un mot. Jusqu'à ce que Laurence déclare :

— Permettez-moi de trouver une façon de vous remercier.

Kitty secoua la tête. Laurence Stone avait certainement les moyens de devenir un donateur très généreux pour sa fondation, mais elle n'aspirait qu'à une chose : oublier qu'elle avait croisé son chemin.

Un frisson la parcourut, et elle frictionna instinctivement ses bras envahis par la chair de poule. Aussitôt Laurence ôta sa veste, l'enveloppant derechef dans sa douce chaleur.

— C'est inutile, protesta-t-elle.

— Vous me la rendrez avant de monter dans la voiture.

Les portes de la cabine s'ouvrirent sur les lumières vives du hall, et Kitty cligna des yeux, éblouie. Elle avait l'impression d'émerger d'un monde de rêve. Un univers hors du temps où la saveur du whisky se mélangeait à celle des baisers, où le parfum viril d'un épiderme mâle s'accordait merveilleusement au sien.

Ils passaient devant les ascenseurs empruntés par les autres clients de l'hôtel, lorsqu'un couple d'un certain âge, en tenue de soirée, se retourna. Kitty reconnut instantanément l'individu qui s'était adressé à Laurence, dans la salle de bal.

— *Laurence !* s'exclama l'homme avec effusion. Voilà, donc, votre ravissante fiancée !

Surprise, Kitty sentit le bras de Laurence s'enrouler autour de sa taille.

— Tout à fait, fit-il d'une voix posée.

Sauf que ce qu'elle entendit ensuite la cloua sur place.

— Giles, enchaîna Laurence, laissez-moi vous présenter Katherine Asare. Ma fiancée, effectivement. Elle est arrivée en retard, mais elle mourait d'envie de vous rencontrer. N'est-ce pas, ma chérie ?

Kitty faillit tourner de l'œil.

Laurence l'avait bel et bien reconnue !

Dès qu'ils s'éloignèrent des Mueller, Katherine Asare siffla entre ses dents :

— Ma *fiancée* ? Qu'est-ce qu'il vous a pris ? Et pourquoi ne pas avoir dit que vous m'aviez reconnue ?

Elle plantait dans ses côtes un coude vindicatif. Laurence songea que la timide jeune femme qui l'avait embrassé en tremblant n'était plus qu'un lointain souvenir. À sa place, une furie, au comble de l'indignation, exigeait des explications.

Devant l'entrée de l'hôtel, ils attendirent la limousine de Laurence. L'amoncellement de gravats qui avait failli les ensevelir était protégé par des bâches et des rubans de plastique sur lesquels étaient fixés des écriteaux « Danger ».

Laurence secoua la tête. Décidément, des dangers de diverses natures semblaient se dresser sur son chemin. À commencer par la réapparition inattendue de Katherine Asare. L'impulsion qui l'avait conduit à ne pas détromper Giles Mueller en était un autre. Cela promettait des complications dont il aurait mieux fait de se dispenser.

Il n'était pas dans ses habitudes d'agir aussi imprudemment. Pareille impulsivité ne lui disait rien de bon.

En attendant, les questions incessantes de la jeune femme l'empêchaient de réfléchir.

Était-ce vraiment le hasard qui l'avait remise sur son chemin ? Ce ne serait pas la première fois qu'une aventurière prétendrait à ce genre de coup du sort. Devait-il voir un calcul dans le fait qu'elle s'était risquée à l'embrasser ?

La curiosité qui avait tout d'abord titillé Laurence laissait place à une méfiance croissante.

— Pourquoi avoir inventé une chose pareille ? martela Katherine en tapant du pied. Vous m'entendez ?

Il aurait été difficile à Laurence de ne pas entendre, vu qu'elle lui criait dans l'oreille. Il se tourna vers elle.

— À mon tour de poser les questions, rétorqua-t-il. Pourquoi ne pas m'avoir dit qui vous étiez ? Vous m'avez reconnu dès que vous m'avez approché, dans la salle de réception. Je me trompe ?

Il avait touché juste, et elle baissa la tête d'un air contrit.

— Je…

La petite Katherine Asare.

Lorsqu'elle était venue lui parler, Laurence avait eu la confuse impression que ce visage ne lui était pas inconnu. C'était seulement quand elle l'avait embrassé qu'il avait mis un nom dessus. Ou, plutôt, au moment où elle s'était reculée, levant ses immenses yeux de velours. La vérité s'était imposée à lui avec une telle force que Laurence avait cru recevoir un coup au plexus. Il avait eu toutes les peines du monde à cacher l'avoir reconnue.

Petit à petit, des images lui étaient remontées des brumes du passé. Laurence revoyait l'adolescente timide toute en bras et en jambes grêles, à la poitrine désespérément plate, à la mâchoire un peu trop marquée, aux cheveux noirs coupés très court. Et, surtout, ces immenses yeux noirs tellement expressifs. C'était son trait de physionomie le plus remarquable, même si l'anxiété qui s'y lisait en permanence lui donnait un regard un peu égaré.

Elle était née au Ghana, et avait perdu ses parents très jeune. Comment elle avait atterri aux États-Unis relevait du mystère. Laurence n'aurait certainement pas pu oublier que Katherine avait été la première – et unique – bénéficiaire des prétentions philanthropiques de son père, le futur sénateur Stone. Lui et la mère de Laurence avaient offert à l'orpheline la famille d'accueil dont elle ne pouvait que rêver. Sauf que les intentions du père de Laurence étaient tout bonnement politiques et intéressées. De plus, il avait certainement pensé faire d'une pierre deux coups : la jeune fille offrirait un centre d'intérêt à son épouse désœuvrée, charmée de trouver une fille de substitution, de surcroît ghanéenne comme elle.

L'adolescente avait été recueillie quelques mois avant que l'homme politique n'entame sa première campagne électorale. Cet acte de générosité avait pour objectif de séduire de potentiels électeurs éblouis par l'ouverture d'esprit, le désintéressement et le grand cœur de leur candidat. Bien évidemment, la mère de Laurence s'était prêtée à cette mascarade. Ne soutenait-elle pas systématiquement les initiatives de son époux, aussi fourbes soient-elles ?

Lèvres pincées, Laurence eut un haut-le-corps de dégoût à se remémorer tout cela.

Le politicien avisé qu'était son père aurait-il pu trouver adjonction plus profitable à sa famille que cette petite orpheline à la peau d'ébène ? Qu'elle soit née dans le même pays que la ravissante épouse du futur sénateur rappelait à point nommé qu'il avait fait preuve de la même absence de préjugés en choisissant une compagne. Et la jeune fille ne constituait-elle pas la parfaite réplique à son propre fils ? Ce très décoratif garçon, de sang mêlé, qu'il traînait derrière lui dans toutes les manifestations officielles, mais auquel il n'accordait pas la moindre véritable attention !

Lorsque Laurence était rentré chez ses parents pour Noël, cette année-là, il ne lui avait pas fallu longtemps pour comprendre les raisons de la présence de Katherine. Il avait été écœuré par les manœuvres indignes de son père.

Ce n'était ni plus ni moins qu'une forme de chantage !

Laurence n'ignorait pas que son père faisait appel à de généreux mécènes afin d'alimenter sa campagne. Mais aussi de se remplir les poches, au passage ! Se présenter aux yeux du public comme étant lui-même un philanthrope ne pouvait qu'aller dans le sens de ses intérêts. Katherine Asare n'était rien d'autre que la tête de gondole de toute l'opération.

Dans un premier temps, Laurence en avait été horrifié. Il n'avait jamais eu beaucoup de respect pour son père, cependant il ne l'aurait pas cru capable de pareille bassesse. Peu à peu, son intransigeance juvénile lui avait soufflé que l'homme méritait une bonne leçon : il allait révéler au grand jour ses magouilles.

Or, la façon dont il utilisait Katherine pour servir ses intérêts n'était pas le pire ! Laurence avait de quoi le faire tomber. Le public allait découvrir l'homme qu'était vraiment le candidat Stone !

Tout à son projet, Laurence n'avait guère prêté attention à Katherine. Jusqu'à ce qu'il soit irrésistiblement attiré par l'expression de fascination craintive, mâtinée de détresse, peinte sur le petit visage mince, lors de la réception de nouvel an donnée par ses parents.

La jeune fille avait éveillé en lui un curieux désir de protection, lequel ne laissait pas de l'inquiéter. Car, pareilles émotions risquaient de le fragiliser au moment où il prévoyait de se dépêtrer du piège familial en ne laissant que cendres dans son sillage. Il aurait été grandement préférable de n'éprouver aucune compassion pour ceux que sa démarche allait briser.

Ce soir-là, il avait tenu entre les siennes la petite main frémissante de Katherine, et découvert toute sa candeur. Laurence n'en avait pas fermé l'œil de la nuit. Comment pouvait-il exposer son père à la vindicte populaire sans que la jeune innocente n'en soit éclaboussée ? L'opprobre qui ne manquerait pas de retomber sur cet ignoble personnage, une fois que toutes ses combines seraient mises au jour, risquait de rejaillir sur elle dont le nom serait sali à jamais. Que faire pour la tirer de ce guêpier au plus vite ?

Parler à Katherine ne servirait probablement à rien. Elle n'allait pas mordre la main qui l'avait si généreusement nourrie. Peut-être, même, ne le croirait-elle pas ! De plus, la jeune fille idolâtrait celle qu'elle considérait, désormais, comme sa mère adoptive. Et rien ne garantissait à Laurence qu'elle n'aille pas le dénoncer auprès de leurs parents.

Non, il n'avait d'autre choix que de se montrer sans pitié.

Pour cela, il fallait que Laurence accuse Katherine d'une faute tellement impardonnable que le couple Stone – ces hypocrites, prêts à tout pour sauver les apparences – veuille se débarrasser d'elle sur-le-champ.

Le lendemain de la réception, Laurence avait fait l'emplette d'une petite culotte de dentelle qu'il avait très vaguement dissimulée sous son lit. Il ne doutait pas que cette fouineuse de femme de chambre ne la découvre. Tout ce qu'il lui restait à faire, c'était à attendre. Ses parents n'avaient pas tardé à le confronter avec l'objet du délit. Feignant d'être gêné, il avait ébauché un sourire penaud.

« C'était après la réception, avait-il expliqué. On avait bu. »

Aujourd'hui, il avait envie de rentrer sous terre rien qu'à repenser à ce qu'il avait fait. Quel sale gosse arrogant ! Dire qu'il croyait agir avec de nobles intentions, et en était fier !

D'une main impérieuse, son père avait mis un terme à la crise de nerfs de sa mère. Fixant son regard bleu acier sur Laurence, il l'avait longuement dévisagé comme pour jauger de la véracité de son histoire. Puis il avait demandé :

« Est-ce qu'il y a un risque qu'elle soit enceinte ? »

C'était à ce moment-là que Laurence avait perdu ses moyens. Il s'était contenté de secouer la tête en silence. Certes, il avait eu la tentation de répondre que c'était le cas. Pour amplifier la menace de scandale. Sauf qu'une lueur mauvaise dans le regard de son père l'en avait dissuadé. Habituellement, Laurence était assez bon juge de ce dont cet homme était capable. Cette fois-là, il avait eu peur de ce qu'il pourrait faire.

En moins de temps qu'il n'en faut pour le dire, Katherine avait disparu de leur paysage. Où l'avait-on expédiée ? C'était un mystère que Laurence n'avait pas cherché à résoudre. Cela n'avait plus d'importance à ses yeux, puisqu'il avait fait ce qu'il fallait pour la mettre hors de danger.

Lorsque, de sa petite chambre de pensionnaire, il avait fait fuiter sur Internet les informations compromettantes concernant les affaires de son géniteur, le nom de l'orpheline n'était apparu nulle part.

Alors, pourquoi était-elle reparue ce soir ? Pourquoi ne l'avait-elle pas informé de son identité, quand il était clair qu'il hésitait à la reconnaître ? Venait-elle exercer des représailles pour ce qu'il avait fait, dix ans auparavant ? Elle en aurait parfaitement eu le droit !

Le problème, c'était que Laurence ignorait tout de ce que la jeune fille savait quant au rôle qu'il avait joué dans sa disgrâce.

Était-elle animée d'un esprit de vengeance, ou espérait-elle obtenir réparation en lui extorquant quelque chose ? En s'employant à le séduire, peut-être ?

Assailli par une multitude de questions insolubles, Laurence ferma les yeux une fraction de seconde. Mal lui en prit, car l'image de Katherine se forma sur sa rétine, telle qu'elle lui était apparue quelques instants plus tôt, assise sur le canapé de la suite. Il revoyait le mouvement haletant de sa poitrine à travers la fine étoffe de la robe, son regard voilé après le baiser qu'ils avaient échangé.

Certes, c'était elle qui en avait pris l'initiative. Ce qui n'empêchait pas qu'il soit taraudé par un désir aussi puissant que si lui-même en était à l'origine.

— Laurence ?

La voix de Katherine lui fit ouvrir les yeux. Il battit des paupières pour accommoder sa vision. Elle semblait sur ses gardes.

— Giles est un client potentiel, déclara-t-il. Il était prévu qu'il fasse la connaissance de ma petite amie, ce soir. Sauf qu'elle a eu… un empêchement. Et je ne voulais pas qu'il se pose de questions en me voyant quitter l'hôtel avec une jeune femme plutôt ébouriffée. Mais, rassurez-vous, je suis certain qu'il vous aura vite oubliée.

Cette dernière remarque sembla blesser Katherine. Laurence décida que ce n'était pas son problème. Il avait bien d'autres soucis en tête.

— Et cela ne vous dérange pas d'impliquer une complète étrangère dans votre bobard ?

Devant l'insistance de Katherine à le prendre en défaut, Laurence sentit la moutarde lui monter au nez.

— D'accord, j'ai menti ! martela-t-il, Mais dois-je vous rappeler que vous vous êtes introduite dans une réception privée sans y être invitée ? Et je ne parle pas du repas que vous n'avez pas payé ! À quoi jouez-vous, Katherine Asare ? Pourquoi refaire surface dans ma vie, *aujourd'hui ?* Après toutes ces années ! Que me voulez-vous ?

Il vit le ravissant visage se décomposer sous l'effet de ses insinuations.

La tension qui habitait Kitty était à la limite du supportable. Tout son corps était tendu comme un ressort prêt à lâcher. Elle était au comble du désespoir. Dire qu'elle avait consacré les dix années passées à rayer de son esprit la famille Stone ! Et il avait suffi qu'elle en croise le fils pour avoir l'impression que rien n'avait changé.

— Répondez-moi ! insista-t-il d'une voix glaciale. Ce ne serait pas la première fois qu'une connaissance passée essaierait de me faire chanter. Que faisiez-vous ici, ce soir ?

Révoltée par ces accusations, Kitty pointa un menton belliqueux vers Laurence et laissa échapper une invective bien sentie qui le fit reculer. À voir l'étonnement se peindre sur le beau visage altier, elle ressentit la première vraie satisfaction de toute cette soirée.

— Ça, pesta-t-elle, ce ne sont pas vos oignons ! Sachez seulement que ma présence, ce soir, dans un lieu *public*, n'a rien à voir avec vous. Le nom de votre agence est Laurence & Haddad, non ? Comment vouliez-vous que je fasse le lien avec vous ? De plus, je ne connais rien au monde de la communication.

— Qui me dit que vous n'avez pas cherché sur un moteur de recherche ?

Kitty se contenta de hausser les épaules. Curieusement, toute animosité s'était effacée du visage de Laurence. Il semblait avoir compris qu'elle disait vrai. Néanmoins, il aurait certainement préféré se faire hacher menu plutôt que l'admettre. Pendant quelques secondes, ils demeurèrent silencieux. Ce fut Laurence qui rompit le silence.

— Je vous remercie de m'avoir sauvé la vie, dit-il, mâchoires serrées. Je m'assurerai que vous soyez correctement récompensée pour cet acte.

Pour rien au monde, elle ne voulait prolonger le contact avec cet odieux personnage.

— C'est inutile ! répondit-elle à la hâte. J'ai seulement un service à vous demander : ne dites pas à vos parents que vous m'avez revue.

Le visage de Laurence se figea encore davantage, si cela était seulement possible. Il était surprenant de voir comment l'expression de cet homme passait, en un éclair, de l'émotion à une complète immobilité. À croire qu'il changeait subitement de masque.

— Cela fait dix ans que je ne parle plus ni à l'un ni à l'autre, répliqua-t-il.

La surprise fit ouvrir la bouche à Kitty, mais une Mercedes noire vint se garer le long du trottoir avant qu'elle n'eût le temps de demander de plus amples explications. Le chauffeur se précipita pour lui ouvrir la portière.

— Je suis désolé, monsieur, s'excusa-t-il. Tout le quartier est bloqué, et…

— Ce n'est pas grave, Mason, l'interrompit Laurence. Conduisez Mlle Asare à…

— Astoria, lança Kitty.

Esquissant une petite moue sarcastique, Laurence précisa :

— Pas l'hôtel, bien sûr. Plutôt dans le Queens.

De nouveau, Kitty fut submergée par une bouffée de colère. À cause de l'arrogance de Laurence, tout d'abord. Avait-il besoin de donner cette précision au chauffeur ? Comme si elle avait voulu faire croire qu'elle résidait au très chic Hôtel Waldorf-Astoria, et non dans le modeste quartier du non moins modeste district de Queens !

Mais c'était surtout à elle-même qu'elle en voulait de n'avoir pu s'empêcher de se sentir gênée. Pourquoi fallait-il qu'elle se laisse impressionner par ce genre de snob prétentieux ?

— Katherine…, reprit Laurence d'une voix un peu hésitante, je ne peux pas dire que j'ai été heureux de vous revoir.

S'installant à l'arrière de la limousine, Kitty leva les yeux au ciel. Elle perçut une lueur amusée dans le regard de Laurence, lorsqu'il se pencha à la portière et la salua de la main.

À travers la vitre, elle le vit articuler en silence : « Merci ».

Ce fut seulement en arrivant chez elle que Kitty prit conscience d'avoir encore sur les épaules la veste de smoking.

5.

Le lundi matin, Kitty eut toutes les peines du monde à sortir de son lit. Ayant éteint le réveil d'une main maladroite, elle se glissa sous une douche aussi brûlante qu'elle pouvait le supporter. En moins d'une demi-heure, elle était sur le trottoir animé de cette partie nord du Queens que l'on appelle Astoria. Il abritait une faune bigarrée, et même de bon matin des vendeurs à la sauvette proposaient tout et n'importe quoi aux passants pressés.

Sous son bras, Kitty tenait le paquet dans lequel elle avait fourré sa robe de cocktail. Il était impératif qu'elle la mette à la poste le jour même, si elle ne voulait pas payer un jour de location supplémentaire. Encore heureux si l'on ne gardait pas sa caution au prétexte que le vêtement était trop endommagé !

Elle hâta le pas, comme si l'exercice physique pouvait dissiper sa mauvaise humeur, et lui faire oublier ses soucis.

Cela faisait déjà plusieurs mois qu'elle habitait le quartier. Elle avait emménagé dans ce que son propriétaire appelait pompeusement un loft communautaire. En réalité, il s'agissait d'un hébergement partagé, évoquant les pensions de famille d'autrefois.

Kitty disposait d'une chambre modestement meublée, et partageait une gigantesque salle de bains, ainsi qu'une grande cuisine et un salon, avec plusieurs autres résidents. Indépendamment du prix de location, passablement avantageux, ce qui l'avait attirée en ces lieux étaient les deux étages convertis en espace de coworking. Les locataires y avaient accès gratuitement. C'était là qu'elle travaillait six jours sur sept, partageant à l'occasion un café avec l'un ou l'autre de ses colocataires. Bien qu'il puisse lui arriver de se joindre à eux pour une sortie, elle n'avait pas lié de véritable amitié entre ces murs. La seule chose qui occupait tout son temps et toute son énergie était le travail.

Certes, elle aurait probablement eu les moyens de vivre ailleurs – dans un logement plus approprié pour la jeune entrepreneuse de vingt-sept ans qu'elle était. Cependant, cette résidence correspondait parfaitement au mode de vie minimaliste de Kitty. Tout ce dont elle avait besoin c'était d'une connexion wi-fi et d'une table de travail. Elle ne recevait personne, n'entretenait pas de relation amoureuse, et se réjouissait de pouvoir consacrer l'essentiel de ses ressources à sa fondation qu'elle avait baptisée « En Avant ! »

Ni Laurence Stone ni son train de vie dispendieux – pour aussi séduisants que soient l'un et l'autre – ne cadraient avec ce qui était le quotidien de Kitty. Aussi était-il impératif qu'elle efface de son esprit l'homme et son univers.

C'était en désespoir de cause qu'elle s'était incrustée à sa réception le vendredi précédent. Les factures s'amoncelaient sur son bureau, et elle n'avait d'autre solution que de partir à la pêche aux subventions si elle voulait espérer les honorer.

Certes, elle limitait ses dépenses au strict minimum. Néanmoins, d'ici quelques jours à peine, elle aurait à adresser leur allocation mensuelle à ses protégés. Elle disposait juste des sommes nécessaires sur le fonds de dotation qu'elle avait créé. Hormis l'argent qu'elle consacrait à son loyer et sa nourriture spartiate, Kitty ne se versait aucun salaire.

À bien y repenser, la proposition de Laurence Stone de la récompenser était plutôt attirante. Hormis le lien que cela établirait entre eux, dont elle ne voulait pour rien au monde.

Absorbée dans ses pensées, elle n'avait pas pris garde à la somptueuse limousine noire qui roulait le long du trottoir, à ses côtés. Jusqu'à ce que la portière arrière s'ouvre brusquement.

— Montez, fit Laurence. Il faut que je vous parle. Ensuite, je vous conduirai là où vous alliez.

Pas question !

Opérant un demi-tour, Kitty reprit le chemin de chez elle d'un pas décidé. Rafe, le gardien de l'immeuble serait dans le hall et il ferait ce qu'il faut pour la débarrasser de ce cinglé de Laurence Stone. Jetant un coup d'œil dans son dos, elle vit qu'il était sorti du véhicule.

— Katherine ! s'entendit-elle hélée. Je peux aussi faire le siège de votre bureau. À vous de voir !

— C'est du harcèlement ! Je vais appeler la police.

— Alors, il vous faudra justifier d'avoir consommé trois cents dollars de nourriture à mes dépens, pas plus tard que vendredi soir.

Ayant fait volte-face, Kitty se planta sur le trottoir. L'expression suffisante que Laurence affichait l'exaspéra. Il était le portrait craché du sénateur.

— Espèce de sale…

— Vous m'insulterez plus tard, Katherine, l'interrompit-il de ce ton sec qu'il maîtrisait si bien. Je ne vois pas ce que vous avez à craindre de moi. Nous avons passé plus d'une heure en tête à tête dans ma chambre, et je n'ai pas profité de la situation, que je sache.

Le regard qu'il plantait dans celui de Kitty avait quelque chose d'envoûtant. L'on pouvait aisément se perdre dans ces profondeurs ambrées, si l'on n'y prenait garde. Se souvenir qu'elle avait eu l'imprudence de l'embrasser ne rassurait guère Kitty.

— Nous avons un problème, fit-il. Il faut que nous prenions le temps d'en discuter.

— *Nous ?*

— Accordez-moi seulement une demi-heure. Croyez bien que cela ne m'amuse pas davantage que vous.

Lèvres pincées, Kitty haussa les épaules. Il n'y avait ni bistrot ni restaurant dans cette partie de la rue, et elle eut un moment d'hésitation. Pouvait-elle inviter un homme tel que lui dans son modeste logis ? Elle refoula ses scrupules avec irritation. Après tout, si c'était assez bon pour elle, pourquoi ne le serait-ce pas pour Laurence Stone ?

D'une démarche énergique, elle reprit son chemin sans se donner la peine de vérifier s'il la suivait. Arrivée devant l'immeuble, Kitty composa le code et entra dans le hall avec un petit signe de tête en direction de Rafe.

Comme elle s'y était attendue, Laurence n'eut pas la courtoisie de garder pour lui ses commentaires.

— C'est vraiment là que vous vivez ? s'étonna-t-il à peine étaient-ils dans la grande salle commune.

— À quoi vous attendiez-vous ? À un hôtel de luxe ?

Elle se dirigea vers les fauteuils fatigués, dans son coin préféré de la pièce, en se réjouissant qu'à cette heure de la journée ses colocataires soient au travail.

S'installant sur l'un des sièges en cuir râpé, elle posa son paquet au sol et fit signe à Laurence de s'asseoir en face d'elle.

— Quel enfant gâté, vous faites ! lâcha-t-elle sèchement. Et dépêchez-vous de me dire ce qui vous amène. Il faut que j'aille à la poste avant que ça ferme.

Avant de s'installer, Laurence prit soin d'épousseter le fauteuil avec un mouchoir sorti de sa poche. Kitty ne doutait pas que cette comédie n'eût d'autre but que de la mettre davantage en boule. Il finit par se poser en allongeant ses interminables jambes.

— Notre histoire est en passe de devenir virale, dit-il.

Kitty ouvrit des yeux ronds, tandis que Laurence sortait de sa sacoche une tablette dernier cri qu'il posa sur le formica rayé de la table basse.

— Jetez un coup d'œil, dit-il. Pendant ce temps je vais…

S'interrompant, il balaya la pièce du regard.

— Je suppose que ce distributeur offre quelque chose qui ressemble à du café, ajouta-t-il. Par contre, je ne suis pas sûr qu'il accepte la carte American Express…

— Allez voir vous-même !

D'un pas nonchalant, Laurence se dirigea vers la machine antédiluvienne pendant que Kitty entrait quelques mots-clés sur un moteur de recherche. Des centaines de résultats lui sautèrent aux yeux.

Des possesseurs de téléphones portables avaient joué les apprentis reporters et filmé l'effondrement de l'échafaudage. Les réseaux sociaux s'étaient emparés de la vidéo et les commentaires n'étaient pas tendres sur le danger que faisait courir aux citadins la multiplication de ce genre de chantiers.

Le problème était que les passants avaient empoigné leurs appareils au moment où Kitty et Laurence étaient au sol. Une image la fit bondir : on la voyait dans les bras protecteurs de Laurence, lequel posait sur elle un regard plein de tendresse.

Il était revenu s'asseoir, posant devant elle un gobelet en carton.

— C'est absolument infâme ! lâcha-t-il, arrachant Kitty à sa contemplation. Mais, buvez. Vous risquez d'en avoir besoin.

Elle avait beau connaître la piètre qualité du café de la machine, elle s'exécuta. Un shoot de caféine était exactement ce dont elle avait besoin pour s'éclaircir les idées. Laurence attendit qu'elle repose le gobelet en grimaçant pour reprendre :

— Le problème, c'est que je vous ai présentée aux Mueller comme étant ma petite amie. Cela complique un peu les choses.

— En ce qui me concerne, je ne vois pas pourquoi, répliqua Kitty. C'est probablement plus ennuyeux pour vous. Pour ma part, je n'ai rien à me reprocher.

— Vraiment ?

Si, au moins, Laurence avait pu se dispenser d'adopter ce ton supérieur !

— Venez-en au fait, Laurence, lâcha-t-elle avec colère. Que me voulez-vous ?

Bon sang, qu'elle est belle !

La colère ne faisait que rendre la jeune femme encore plus séduisante, illuminant son regard, éclairant son teint.

Laurence se surprit lui-même à faire cette constatation.

Pendant un moment, ils demeurèrent assis l'un en face de l'autre sans rien dire. Il songea distraitement qu'ils avaient l'air de n'importe quel couple ordinaire. Deux collègues, peut-être. Ou deux amants. Ou juste des amis.

Cela faisait si longtemps qu'il n'avait pas passé de temps avec des gens qu'il pouvait véritablement qualifier d'*amis*. Comment l'aurait-il pu, quand il ne se consacrait qu'au travail ? Tout cela, pour être certain qu'il n'aurait jamais besoin de l'argent de son père.

De l'argent, il allait en gagner encore davantage si Katherine Asare acceptait le marché qu'il se préparait à lui proposer.

Giles était tombé sous le charme de Katherine, à en croire les messages dont il avait bombardé Laurence dès le lendemain de leur rencontre. Elle pourrait être un atout maître pour décider celui-ci à confier sa communication à l'agence Laurence & Haddad.

Il fallait que Katherine accepte de jouer le jeu. De plus, cela permettrait à Laurence d'en savoir un peu plus sur son compte. De découvrir pourquoi elle avait subitement reparu. Il ne pouvait croire que leur rencontre ait été le fruit du hasard. Or, l'expérience lui avait appris que le moyen le plus sûr de procéder avec un ennemi était de le garder à sa portée.

Néanmoins, Laurence se devait d'admettre qu'il trouvait Katherine fort à son goût. Être un bourreau de travail ne signifiait pas qu'il soit complètement insensible à des plaisirs occasionnels, tels qu'un bon whisky, ou un repas fin. Sans parler d'une jolie femme dans son lit. Il y avait quelque temps déjà que cela ne lui était pas arrivé. Et en repensant à la manière dont Katherine l'avait embrassé…

De toute évidence, en cet instant, elle s'efforçait désespérément d'afficher une indifférence qu'elle semblait loin de ressentir. Il émanait d'elle une tension presque palpable.

— Vous êtes tellement différente de la jeune fille recueillie par mes parents, finit-il par dire.

— J'imagine que oui, puisque vous ne m'aviez pas reconnue.

Elle avait dit cela d'une voix radoucie, et Laurence la dévisagea attentivement.

Ainsi, le moment était venu d'échanger sur leur passé commun. C'était une nécessité, s'il voulait obtenir son aide.

— Cela remonte à au moins une dizaine d'années, non ? avança-t-il.

— Exactement neuf ans et huit mois.

Avec les années, la lycéenne au corps gracile s'était dotée de courbes alléchantes. Elle levait vers lui ses yeux immenses, bordés d'une épaisse frange de cils et d'un trait d'eye-liner. Ses lèvres étaient pleines et sensuelles. On ne pouvait pas vraiment dire qu'elle fût belle, selon les canons de la beauté classique, mais elle était terriblement attirante.

— Vous êtes très jolie, lâcha-t-il.

— Qu'est-ce que vous attendez de moi, Laurence ? J'ai signé tous les accords de confidentialité qu'on m'a mis sous le nez à l'époque. Je n'ai jamais parlé de votre famille à qui que ce soit. Que voulez-vous de plus ?

En dépit de tous les soupçons qu'il ne parvenait pas à faire taire, Laurence se devait d'admettre que la détresse de la jeune femme semblait sincère. Une détresse dont il se savait en grande partie la cause ! Pouvait-il lui faire confiance ?

— Ce que je veux, répondit-il, c'est que vous m'aidiez à prolonger le stratagème que nous avons initié…

— *Nous ?*

— Je ne crois pas vous avoir entendue protester. Et il serait fort peu opportun de rectifier les choses maintenant que nous avons acquis une telle célébrité auprès…

— Une célébrité à laquelle je ne suis pour rien !

— Cessez de m'interrompre tout le temps !

Fronçant les sourcils, Laurence revit la gamine quasi muette dont il gardait l'image. L'actuelle Katherine Asare se montrait nettement plus prolixe. Et querelleuse.

— Ce serait seulement pour quelques semaines, reprit-il. Tout au plus jusqu'à la fin de l'été. Jusqu'à ce que mon arrogance naturelle vous rende suffisamment enragée pour que vous me laissiez tomber en donnant toute la publicité possible à l'événement. Bien sûr, vous aurez tout à y gagner.

— Je me moque de votre argent !

— Ne soyez pas ridicule. Vous n'habiteriez pas pareil endroit si vous n'aviez pas besoin d'argent.

En disant cela, Laurence avait pris soin d'adopter une intonation à la fois charmeuse et tranquillisante. C'était le genre d'exercice dans lequel il excellait.

— Je loge ici par choix, Laurence, protesta-t-elle. C'est à ma fondation que je consacre tout l'argent que je peux ramasser. Hormis le strict nécessaire pour mes besoins élémentaires. Le reste, je m'en sers pour aider les autres.

— Il ne m'a pas échappé que vous êtes une femme d'affaires d'un nouveau type.

— Et alors ?

Avant de venir rejoindre Katherine, Laurence s'était livré à quelques recherches sur Internet. Ce qu'il avait trouvé l'avait autant surpris qu'impressionné. Deux années auparavant, elle avait obtenu de prestigieuses subventions dans le but de mettre sur pied une association caritative destinée à aider les jeunes à leur sortie du système d'aide sociale à l'enfance.

— J'ai jeté un coup d'œil à ce que vous faites, dit-il. C'est une idée remarquable. Vraiment !

Laurence était sincèrement admiratif. Lui-même se contentait de dons à des œuvres diverses, mais n'avait jamais eu le courage de s'atteler personnellement à la tâche d'aider les défavorisés.

— D'accord, fit-elle. Mais encore ?

Il s'en fallut de peu que Laurence n'éclate de rire. Une telle intransigeance avait quelque chose de rafraîchissant pour lui qui gravitait dans le monde de la communication, où tout se devait d'être lisse, affable, sans à-coups.

— Je ne vous ferai pas l'insulte de vous dédommager personnellement. Vous me jetteriez cet argent à la figure.

— C'est plus que probable !

Cette perspective avait amené un petit sourire sur les lèvres de Katherine. Il était clair qu'elle était sur le point de faiblir.

— Laissez-moi vous aider, fit-il avec ce timbre sourd dans

lequel il insufflait une note rassurante propre à persuader même les plus coriaces.

— Je n'ai pas besoin de votre aide, répliqua Katherine. Je me suis toujours débrouillée seule.

— Mais tout le monde a besoin de s'appuyer sur une épaule fraternelle.

À l'instant même où il formulait ce cliché, Laurence se le reprocha. Comme si lui-même attendait qu'on lui tende une main secourable ! Et puis, c'était le genre de phrase que son père aurait pu prononcer lorsqu'il allait à la pêche aux électeurs. Cette idée le révulsa, mais il prit bien garde de n'en rien montrer à Katherine.

— Qu'est-il advenu de votre petite amie ? interrogea-t-elle d'une voix mal assurée. J'imagine que son… *empêchement* n'est plus d'actualité.

Laurence avait complètement oublié avoir usé d'une excuse pour expliquer l'absence d'Aurelia. Il décida d'être honnête.

— Elle m'a laissé tomber, répondit-il sans détour.

Pour la première fois depuis le début de leur entretien, Katherine afficha une mine ravie.

— On se demande bien pourquoi ! fit-elle.

Il était grand temps de faire avancer les choses, se dit Laurence. Avec ses immenses yeux bruns, Katherine Asare avait la faculté de sonder jusqu'à des profondeurs de son être où il préférait ne pas lui permettre de s'aventurer. De plus, elle connaissait son passé. Ce qui n'était pas exempt de dangers.

— Je crois qu'il vaut mieux que j'en vienne au fait, dit-il. L'homme que vous avez croisé l'autre soir, Giles Mueller, est sur le point de signer un gros contrat avec notre agence. Il possède un champ de courses à Long Island, et je suis invité à plusieurs événements qui vont s'y dérouler. Avec ma *petite amie*, bien sûr ! Giles pense que c'est vous. Vous me rendriez un fier service, si vous acceptiez de jouer ce rôle. En échange, je prévois de faire un don assez considérable à votre association caritative.

— Ma *fondation*.

— Si vous préférez.

De nouveau le silence s'installa. De nouveau, Katherine darda sur lui ce regard inquisiteur qui le mit aussitôt mal à l'aise. Laurence avait beau savoir qu'elle ne pouvait lire dans ses pensées, la clairvoyance qu'il percevait dans ses yeux était troublante. Pour masquer son embarras, il reprit la parole.

— J'ai déjà une dette envers vous, Katherine. Vous m'avez sauvé la vie. Pour ma part, je sauverai votre affaire.

— Qui vous dit que cela était nécessaire ? lança-t-elle, l'air exaspéré.

— Allons, Katherine ! Vous êtes seule à la gérer. Vous n'avez même pas de bureau à proprement parler. Votre site Internet est de ceux que l'on crée en achetant l'un de ces épouvantables modèles standards. Et, qui plus est, vous vivez dans une colocation !

— Je n'ai pas besoin d'un bureau. C'est un concept démodé. Je rencontre les donateurs au restaurant, ou dans des salons de thé. Tous les dons servent à aider des gens qui en ont besoin. Je n'ai aucun désir de m'enrichir. Tout le monde ne fonctionne pas comme vous, Laurence !

Relever l'affront n'aurait servi à rien, résolut Laurence. L'important était d'amener Katherine à signer ce qu'il avait fait préparer pour elle.

— C'est comme vous l'entendez, dit-il, écartant ses objections d'un geste de la main. Le contrat que j'ai fait rédiger à votre intention attend dans la voiture. Je vais dire à mon chauffeur de l'apporter ici.

Il se préparait à pianoter sur son téléphone, mais il fut coupé dans son élan par un retentissant :

— *Non !*

Clignant des paupières, Laurence rétorqua :

— Pardon ?

Katherine secoua la tête.

— Votre offre est très généreuse, Laurence, mais je ne me vois pas du tout jouer le rôle de votre petite amie. Cette idée est aussi ridicule que votre mensonge de l'autre soir.

Il fallut quelques secondes à Laurence pour prendre conscience qu'il était demeuré bouche bée. Il se reprit instantanément. À aucun moment il n'avait imaginé que Katherine puisse refuser sa proposition.

— Non mais qu'est-ce qu'il vous prend ? s'exclama-t-il.

Le choc l'avait fait réagir avec une brutalité qu'il se reprocha aussitôt. Pour tempérer, il ajouta :

— Enfin, vous avez tout à gagner à accepter.

Katherine fit passer une mèche de ses cheveux de jais derrière son oreille, et Laurence resta comme hypnotisé un court instant. Il n'en revenait pas de constater le changement qui s'était opéré dans l'adolescente craintive qu'il avait connue. La tranquille dignité avec laquelle elle lui faisait face était véritablement fascinante.

— Mon refus n'est pas motivé par le fait que nous ayons une histoire commune, expliqua-t-elle d'une voix posée. J'entends que le passé reste le passé. Ce qui me révulse, c'est l'idée d'être achetée. C'est tout à fait immoral.

— Parce que vous jugez moral d'aller mendier lors d'une réception dans laquelle vous vous êtes introduite en fraude, peut-être ?

Bien qu'elle eût l'obligeance de paraître embarrassée, Katherine ne s'en redressa pas moins fièrement sur son siège.

— Je maintiens ce que j'ai dit.

Cette affirmation tomba dans un silence glacé. Le regard perdu au-dessus de la tête de la jeune femme, Laurence se demandait comment vaincre pareille obstination. Certes, il ne pouvait s'empêcher d'admirer sa probité. Ce qui ne changeait rien au fait qu'il se refusait à ne pas avoir gain de cause. Il resta muet si longtemps que Katherine finit par avoir l'air mal à l'aise.

— Avons-nous fait le tour de la question ? interrogea-t-elle.

Laurence ne se donna pas la peine de répondre.

— Si cela ne vous ennuie pas trop, dit-il, j'aimerais que vous m'exposiez une nouvelle fois les raisons de votre présence à ma soirée.

Lèvres pincées, Katherine inspira d'un air agacé.

— Eh bien, répondit-elle, l'une de vos invités m'avait promis d'alimenter ma fondation. J'espérais la rencontrer pour lui rappeler son engagement. Les réceptions dans ce genre sont mon terrain de chasse favori. C'est là que je suis susceptible de faire la connaissance des gens dont j'ai besoin. Je m'y rends aussi souvent que possible, pour me créer des réseaux.

— Je vois…, murmura Laurence.

Peu à peu, une idée se formait dans son cerveau.

— Cependant, vous refusez mon argent ? reprit-il.

— Absolument !

La moue boudeuse dont Katherine accompagna cette exclamation attira l'attention de Laurence sur sa bouche pulpeuse, tellement attirante. Elle aurait été horrifiée de savoir qu'il laissait ses pensées s'égarer dans pareille direction.

— Alors, laissez-moi vous exposer mon plan, reprit-il, levant une main pour la faire taire. Le premier événement auquel nous sommes invités est l'ouverture de la saison de courses à l'hippodrome des Mueller. Tout le gratin de la région y sera. Quelle plus belle opportunité pourriez-vous avoir de rencontrer tous ces gens-là ? Qui plus est, au bras d'un compagnon au charme aussi dévastateur que votre serviteur.

— Vous allez me rendre malade !

Elle avait beau ruer dans les brancards, Laurence lisait dans son regard qu'elle réfléchissait. Une myriade d'émotions parcourait son joli minois.

— Cette fois, vous n'auriez pas besoin de resquiller, reprit-il. Je prendrai soin de vous présenter à tous ces donateurs potentiels, auxquels vous auriez tout loisir d'exposer les objectifs de votre œuvre de bienfaisance…

— *Ma fondation !*

— Si vous voulez. Mais laissez-moi finir. Avant cette date, je vous aiderai à refaire un site web de qualité – le vôtre est d'un amateurisme affligeant. Je peux vous garantir que vous ramasserez tant d'argent que vous ne saurez plus quoi en faire.

Katherine mordillait sa lèvre inférieure avec application,

mettant Laurence au supplice. Il mourait d'envie de promener sur cette bouche un pouce caressant pour voir si cela lui coupait le souffle, comme lorsqu'ils s'étaient embrassés.

— Puis-je être certaine que vous vous abstiendrez de tout geste déplacé ? finit-elle par questionner après quelques secondes.

Pour un peu, Laurence aurait éclaté de rire. C'était à croire que Katherine avait lu dans ses pensées.

— Je me contenterai de faire le minimum pour rendre notre relation crédible. Promis !

Comme elle tendait sa main par-dessus la table, Laurence retint une exclamation triomphale. De même préféra-t-il ne pas trop s'interroger sur la satisfaction qu'il ressentait à l'idée de passer du temps avec Katherine Asare.

— Marché conclu, Katherine, fit-il.

— À une condition. Promettez-moi que vos parents ne sauront rien de tout cela.

Ses parents. Un sujet sensible pour tous les deux.

— Vous pouvez compter sur moi. Je vous l'ai dit, nous ne nous parlons plus depuis des années. Et je ferai tout mon possible pour que notre… *relation* ne soit pas affichée par la presse.

— Parfait ! Maintenant, il faut vraiment que j'aille au bureau de poste. À bientôt, Laurence Stone.

6.

Comme Kitty s'y attendait, l'agence Laurence & Haddad avait ses bureaux dans un parallélépipède d'acier et de verre, à peu de distance de Madison Avenue.

Dans l'intimité de sa chambre, elle s'était torturé l'esprit pour savoir quelle tenue adopter pour déjeuner avec le très distingué Laurence Stone. En définitive, elle avait opté pour une petite robe noire de chez Chanel à la courte jupe plissée. C'était le dernier vestige des cadeaux que lui avait faits la mère de son hôte. Elle s'était débarrassée de pratiquement toute la garde-robe offerte par l'ex-mannequin. Seule la petite robe noire n'avait pas atterri dans une solderie. Étrangement, Kitty avait le sentiment que porter cette tenue était une manière de boucler la boucle.

À peine avait-elle franchi la porte tournante de l'élégant immeuble, qu'une petite femme aux courts cheveux blonds se matérialisa devant elle.

— Mademoiselle Asare ? dit-elle. Je suis Cordelia. Suivez-moi, s'il vous plaît.

Se félicitant d'avoir fait le choix de chaussures plates, Kitty s'efforça de ne pas se laisser distancer par son guide, laquelle semblait plutôt décidée à la perdre qu'à la piloter.

L'ascenseur les conduisit jusqu'à un vaste palier entouré de cloisons vitrées révélant des bureaux où régnait une agitation fébrile. Cordelia entraîna Kitty jusqu'à une porte qu'elle ouvrit à l'aide d'une carte magnétique. Puis une autre, commandée par un Digicode. Et, enfin, une troisième.

Cette dernière donnait accès à ce qui semblait être une autre planète. Il y régnait un calme souverain. Par les baies vitrées, allant du sol au plafond, la lumière du soleil entrait à flots.

— Nous sommes dans l'aile privée de Laurence, expliqua Cordelia. Il vous attend dans la salle de conférences numéro un.

Elles pénétrèrent dans une vaste pièce au centre de laquelle trônait une longue table en marbre, recouverte d'un assortiment de plats dissimulés sous des dômes ivoire, d'où s'échappaient de délicieuses senteurs.

Au bout de la table, se tenait Laurence dans un impeccable costume gris anthracite. Une chemise noire mettait merveilleusement en valeur son teint cuivré.

— Katherine, dit-il avec cette curieuse façon de faire sonner les consonnes de son prénom.

— Laurence, répliqua-t-elle avec nervosité.

Tournant la tête vers Cordelia, il lança :

— Vous pouvez nous laisser, maintenant.

Tournant les talons, la femme quitta la pièce.

Le sourire dont Laurence gratifia Kitty ne montait pas jusqu'à ses yeux. Elle se fit la réflexion qu'il était tout le portrait du sénateur, dans cet environnement et avec cette expression sur le visage.

— J'ai pensé qu'il pourrait être agréable de déjeuner ici, dit-il. Asseyez-vous, je vous en prie.

Kitty s'exécuta. Un homme, vêtu de noir, apparut, comme par magie. Il souleva les couvercles des différents plats, découvrant un poulet rôti, de la purée de pommes de terre, des légumes verts, et une tarte au citron surmontée de crème fouettée.

— Peut-être auriez-vous préféré déjeuner au restaurant, mais nous avons un très bon cuisinier, déclara Laurence tout en découpant le poulet avec maestria. Que désirez-vous ? Du blanc ? Une aile ?

— Une cuisse.

Répondre d'une voix ferme avait demandé un effort à Kitty. Elle tenait à montrer qu'elle n'était nullement impressionnée.

Laurence remplit son assiette, fit de même avec la sienne, puis s'assit. D'un coup d'œil, Kitty nota que la porcelaine était des plus fines. La lourde argenterie étincelait de mille feux. Tout était d'une qualité irréprochable.

À la première bouchée, elle ne put retenir un soupir de satisfaction.

— C'est divin ! fit-elle.

— Je n'ignore pas que vous êtes gastronome, aussi...

Kitty l'interrompit en posant brutalement sa fourchette sur l'assiette.

— Allez-vous continuer longtemps à faire allusion à cette histoire ? questionna-t-elle d'un ton agacé. Si vous ne cessez pas d'y revenir, je ne vous adresse plus la parole !

— Notre première querelle d'amoureux !

Affichant une mine indignée, Kitty se pencha au-dessus de la table pour rétorquer, mais Laurence ne lui en laissa pas le temps.

— Ne soyez pas aussi susceptible, fit-il. Vous oubliez que je n'ai d'autre intention que de vous venir en aide.

— Dites plutôt que c'est à vous-même que vous cherchez à venir en aide. Tout à fait comme votre père sait si bien le faire !

La main de Laurence s'abattit sur la table avec une telle force que Kitty faillit sursauter.

— Écoutez-moi bien, lâcha-t-il. Je vous interdis de mentionner le sénateur devant moi. C'est clair ?

Il n'avait pas élevé la voix, mais le ton qu'il avait employé suffit à donner la chair de poule à Kitty. Néanmoins, elle n'était pas prête à capituler.

— Pourquoi ? l'interrogea-t-elle. Je pense qu'il n'apprécierait pas beaucoup notre... *arrangement.* Après tout, il ne faut pas oublier qu'il m'a jetée dehors de chez lui.

La fureur de Laurence était quasi palpable. Il dévisageait Kitty comme s'il hésitait à la chasser comme son père l'avait fait. Au lieu de quoi, il s'adossa à son siège.

— Mon père a toujours été très doué pour utiliser les gens, lâcha-t-il. Je suis désolé qu'il se soit comporté ainsi avec vous.

Haussant les sourcils, Kitty se demanda comment elle pouvait faire confiance à un homme tel que Laurence. Certes, il s'était montré bienveillant envers elle, autrefois. Mais il appartenait à la famille Stone. Ce serait folie que de l'oublier.

— Comment vous êtes-vous tourné vers la publicité ? demanda-t-elle.

— J'ai démarré dans ce domaine avec un camarade de lycée, il y a des années. C'est ensemble que nous avons créé l'agence. Il s'occupe du secteur international, et moi de l'Amérique du Nord.

— Desmond Haddad, c'est cela ? questionna Kitty en se souvenant du deuxième nom sur la porte.

— Lui-même. Et vous ? Qu'est-ce qui vous a poussée à vous engager dans l'action caritative ?

Prenant une petite inspiration, Kitty s'accorda le loisir de s'intéresser à nouveau au contenu de son assiette. Après tout, la nourriture était trop délicieuse pour être négligée. Puis elle expliqua d'une voix empreinte d'une certaine fierté :

— Pendant quelque temps, j'ai travaillé comme rédactrice dans une organisation de ce style. Il y a deux ans, j'ai décidé de voler de mes propres ailes. À ce jour, j'ai réussi à apporter une aide substantielle à une dizaine de jeunes.

Le sourire dont Laurence la gratifia donna à Kitty l'impression qu'une nuée de papillons avait élu domicile dans son estomac. Cet homme était abominablement séduisant. Bien davantage que cela n'aurait dû être autorisé par la loi !

Kitty avait une expérience des plus limitées de la gent masculine. Il n'y avait guère de place dans sa vie pour les relations amoureuses. De plus, sa vision des hommes n'était pas des plus flatteuses. La plupart du temps, elle jugeait que c'étaient des créatures égoïstes, seulement motivées par leur ego surdimensionné.

Par conséquent, il était hors de question qu'elle laisse Laurence Stone mettre la pagaille dans sa vie. Quelle que puisse être la douceur de ses lèvres ! Et elle ferait mieux de cesser de se demander quelle sensation provoquerait sur sa peau l'ombre de barbe qu'elle décelait sur sa mâchoire !

— Voilà qui est très méritoire, se contenta-t-il de dire.

De nouveau, Laurence lui sourit, ce qui ne fit qu'ajouter au trouble qu'éprouvait Kitty. Il était temps qu'elle aille prendre un peu l'air, résolut-elle, se levant brusquement.

— Vous vous sentez bien ? demanda-t-il en se levant à son tour.

— Oui, c'est juste que…

Aucune excuse valable ne lui venant à l'esprit, Kitty préféra ignorer la question.

— Merci pour ce repas, acheva-t-elle.

— Mais vous n'avez presque rien mangé, Katherine.

— Si nous mettons votre plan à exécution, dit-elle en changeant délibérément de sujet de conversation, il vaudrait mieux que vous m'appeliez Kitty. C'est ainsi que m'appelaient mes amis à l'université.

— Kitty… Je trouve que cela vous va bien.

Laurence marqua une pause, comme pour savourer le prénom sur sa langue, puis il ajouta :

— J'ai la ferme intention de prendre soin de vous pendant tout le temps où nous serons ensemble, *Kitty*. Même si cette relation n'a rien de réel.

La voix de basse avec laquelle il avait proféré cet engagement insufflait aux mots une tonalité qui n'avait rien d'innocent. Ils devenaient lourds de sous-entendus, et un frisson courut au creux des reins de Kitty.

— Regardez-moi, ajouta-t-il.

Ce n'était pas un ordre. Plutôt une injonction prononcée d'une voix douce, teintée d'une pointe de tendresse qui attirait Kitty comme la flamme attire les papillons de nuit.

Elle ouvrit les yeux. Heureusement, le regard de Laurence n'était pas tourné vers son visage. Il était posé sur son poing étroitement serré.

— Vous vous êtes fait un vilain bleu, fit-il observer en saisissant son poignet.

La gorge de Kitty se noua. L'une des marques qu'elle gardait des contusions de l'autre soir était cet hématome au-dessus de l'endroit où l'on voyait battre son pouls.

— Laissez-moi regarder, ajouta Laurence d'une voix douce.

Kitty sentit tout son corps s'embraser comme lorsqu'elle s'était retrouvée seule avec lui, dans sa suite. Les longs doigts ne faisaient qu'enserrer son poignet, et cela suffisait à faire naître en elle des émotions aussi violentes que si elle était nue devant lui.

Sans même avoir à baisser les yeux sur sa poitrine, elle en devinait les tétons durcis, tendus comme dans l'attente des lèvres de Laurence.

— Le destin ne nous a pas réunis par hasard, dit-il d'une voix posée.

Comme perdu dans ses pensées, il continuait à lui caresser le poignet distraitement. Exactement de la façon dont il l'avait fait au cours de cette réception du nouvel an, chez ses parents.

La raison aurait voulu que Kitty se dégage de son étreinte. Seulement, elle n'en avait pas envie.

Recouvrant enfin son sang-froid, elle retira sa main.

— Kitty…

Il y avait dans la voix de Laurence une surprenante délicatesse.

— Non, protesta-t-elle. Je n'ai pas envie de…

Il lui était impossible de poursuivre. Sa respiration était trop saccadée. Elle mobilisa toute son énergie pour retrouver son calme, pour réprimer cette sensation de chaleur qui enflammait ses joues. Mais le pire, le plus affreusement insupportable, c'était que…

Ce maudit Laurence Stone restait imperturbable !

Aucune rougeur n'altérait la sublime carnation cuivrée. Nul embarras n'affectait les traits altiers. Tant de flegme sur ce beau visage, tant d'insensibilité dans le regard, eurent raison de Kitty

Une nouvelle fois, elle abaissa les paupières. Les yeux fermés, elle sentait la proximité de Laurence ; elle percevait la chaleur émanant de lui, les senteurs d'épices et de savon sur sa peau. Tant de choses encore, délicieusement bouleversantes. Elle garda les paupières closes, même lorsqu'une main chaude effleura sa joue.

— Kitty, insista Laurence d'un ton étonnamment bienveillant, je n'ai aucune intention de vous tourmenter, croyez-moi. Je vous en prie, regardez-moi.

Faisant de son mieux pour ignorer la migraine qu'elle sentait monter, Kitty se força à ouvrir les yeux. Laurence était encore plus près d'elle que sur le canapé de sa chambre d'hôtel. Sa bouche sensuelle était dangereusement proche.

Assez près pour un baiser...

Kitty laissa échapper un soupir.

L'instant suivant, elle se demanda si son cerveau était doté de pouvoirs magiques. Car les lèvres brûlantes de Laurence effleuraient les siennes, lentement, voluptueusement. S'il restait une seule certitude dans l'esprit de Kitty, c'était qu'elle allait bel et bien mourir s'il ne se décidait pas à capturer sa bouche.

Laurence n'avait nullement prévu ça.

Les lèvres de la jeune femme étaient pulpeuses, douces, charnues. Pareilles à un fruit délicieux dont il se délecterait pour la première fois de sa vie.

Dans un premier temps, il se limita à un léger frôlement. Il préférait laisser à Kitty la possibilité de le repousser si elle le souhaitait. Tout d'abord, il la sentit se raidir, puis elle se laissa aller. Un gémissement presque imperceptible monta de sa gorge. Cela suffit à décupler le désir de Laurence.

Le baiser qu'il prodiguait à Kitty était empreint d'une délicatesse dont il s'ignorait capable. Au lieu de dévorer sa bouche, il se contentait d'explorer. Le corps souple de Kitty s'abandonnait contre le sien. Cette langoureuse capitulation lui laissait imaginer ce à quoi il pouvait s'attendre si jamais il advenait qu'elle soit nue, offerte, entre ses bras.

Lorsqu'ils s'écartèrent l'un de l'autre, Kitty murmura :

— Ce n'est pas bien... Il ne faut pas...

— C'est vrai.

Ce qui n'empêcha pas Laurence de passer un pouce caressant sur la lèvre inférieure gonflée par ses baisers.

Il vit une expression de panique crisper le ravissant visage. Ce n'était nullement le genre d'émotion qu'il souhaitait susciter en elle.

Bien que tout son corps soit taraudé par la frustration, il laissa retomber ses mains, s'interdisant d'agripper Kitty aux hanches, puis il fit un pas en arrière.

Elle croisa les bras sur sa poitrine.

— Je pense que nous ferions mieux d'établir certaines règles de base, dit-elle. À moins que *tout cela* ne pose trop de problèmes…

À dire vrai, le seul problème qui tourmentait Laurence, c'était qu'il rêvait de verrouiller la porte pour finir ce qu'il avait commencé. Kitty n'apprécierait certainement pas qu'il lui dise le fond de sa pensée.

— Ce ne sera pas le cas, s'empressa-t-il de la rassurer. Disons que j'ai juste voulu satisfaire ma curiosité.

Dans le regard de Kitty passa une ombre révélant qu'elle était choquée. Mais Laurence n'avait pas l'intention de faire machine arrière. Mieux valait se montrer cruel.

Si Kitty Asare avait été différente de ce qu'elle était, il n'aurait pas hésité à entamer avec elle une liaison. Brève, brûlante, purement sexuelle. C'était le genre de relation dont Laurence était coutumier. Sauf que la gaucherie de la jeune femme révélait son manque d'expérience.

— Je pense qu'il est grand temps que je vous mette au courant de ce qui vous attend, déclara-t-il.

— D'accord, acquiesça Kitty.

Elle s'était détournée pour dissimuler son expression, et Laurence fut subitement submergé par un étrange besoin de la protéger. Ainsi que par une émotion bien plus inconfortable au souvenir du tort qu'il lui avait causé autrefois.

Il s'agissait clairement de culpabilité.

Il avait une dette envers Kitty Asare.

Céder au désir qu'elle lui inspirait ne ferait qu'alourdir la note.

7.

S'il était un point sur lequel Laurence n'avait pas menti, c'était que leur association donnerait des résultats que Kitty ne se figurait même pas. Quand bien même on ne les avait pas encore vus ensemble en public, la nouvelle de leur… *relation* avait circulé. Le site de la fondation avait été visité un nombre incalculable de fois, et les donations affluaient.

Devenir la « petite amie » de Laurence Stone signifiait également que le look de Kitty se devait d'évoluer. Le lendemain même du déjeuner au siège de l'agence, Cordelia avait été mandatée pour la prendre en charge à cette fin.

Tout d'abord, Kitty avait eu droit à une séance de quatre heures chez le coiffeur-visagiste le plus renommé de Manhattan.

Comme elle entendait ne pas profiter le moins du monde de la fortune de Laurence, elle s'était inquiétée du coût de l'opération. Cordelia l'avait instantanément rassurée.

« Les jeunes filles qui se sont occupées de vous sont en formation. Notre agence a également réalisé une campagne de publicité pour l'ouverture d'une succursale parisienne de ce salon. Laurence n'aura rien à débourser. »

L'opération s'était répétée pour la constitution d'une garde-robe indispensable si Kitty voulait tenir son rôle de manière convaincante. Des tenues toutes plus élégantes les unes que les autres, accompagnées de bijoux assortis, avaient été livrées à son adresse.

« Laurence tient absolument à ce que vous donniez l'impression d'être une femme d'affaires prospère, avait expliqué Cordelia. Mais rassurez-vous, vêtements et bijoux ont été prêtés par la costumière d'un film dont l'agence a assuré la publicité. Laurence a dit qu'il n'accepterait aucune contestation de votre part. »

Aucune contestation ? Quel sale type arrogant !

Kitty fulminait. Elle se promit de faire part de son indignation à l'impudent dès qu'ils se retrouveraient en tête à tête. Ce qui n'allait pas tarder, vu qu'elle ferait sa première apparition à son bras pour l'ouverture de la saison de courses chez Giles Mueller, quelques jours plus tard.

Le jour de l'ouverture de l'hippodrome, ce fut une Kitty pomponnée que Cordelia conduisit jusqu'au bureau de Laurence.

Il leva un regard surpris.

— C'est déjà l'heure ? s'étonna-t-il.

— L'hélicoptère attend.

Avec un soupir résigné, Laurence promena un regard plein de regret sur sa table de travail puis se leva.

Il portait une chemise immaculée et un costume en fine laine d'Italie, dans cette tonalité de gris dont Cordelia avait révélé à Kitty que c'était ce que les hommes de goût choisissaient pour se rendre à Ascot.

À le voir si élégant, Kitty en oublia toutes ses récriminations, et elle se félicita d'avoir consenti à se mettre sur son trente et un.

— Avez-vous encore besoin de moi, Laurence ? s'enquit Cordelia.

— Non, je vous remercie, Cordelia, répondit Laurence.

Lorsque son assistante eut tourné les talons, il prit le temps d'examiner Kitty de la tête aux pieds, laissant son regard errer sur la robe à l'imprimé fleuri et au décolleté plongeant, sur la ceinture soulignant sa taille svelte, ses jambes nues, les sandales à bouts pointus aux talons vertigineux.

Il acheva son inspection par le chapeau qui fit venir à ses lèvres une curieuse petite moue.

— Cordelia a dit que le chapeau était obligatoire, se défendit Kitty.

— C'est très seyant.

Kitty n'eut pas le loisir de s'interroger sur le sens véritable de cette remarque, car déjà Laurence l'entraînait d'un pas pressé le long des couloirs.

En dépit des réserves qu'il semblait former au sujet du couvre-chef en forme de tambourin, Kitty ne pouvait s'empêcher de ressentir une petite bouffée de fierté en apercevant son image dans les miroirs devant lesquels ils passaient. Elle découvrait qu'elle appréciait de se faire belle. Les aléas de la vie n'avaient pas étouffé en elle toute prédisposition à la féminité et au raffinement.

C'était comme jouer un rôle dans quelque comédie romantique – passablement improbable, certes. Entre les mains d'une assistante mandatée pour cela par un richissime bienfaiteur, Kitty avait essayé une infinité de toilettes bien trop extravagantes pour le quotidien. Le résultat était tout à fait satisfaisant. La robe à l'étoffe ivoire parsemée de fleurs mettait en valeur sa taille fine et ses longues jambes. Son teint resplendissait de santé sur la pâleur virginale du tissu. Kitty n'avait jamais rien vu d'aussi exquis. Cordelia lui avait expliqué que le vêtement provenait du tournage d'un film dont l'action se situait dans les années 1930.

L'ascenseur les emporta jusqu'au toit de l'immeuble où un énorme hélicoptère était prêt à décoller, ses pales fouettant l'air furieusement. Malgré ses difficultés à retenir sa jupe, Kitty parvint à traverser la piste.

Laurence monta dans la cabine sans un regard derrière lui, puis se tourna pour lui tendre la main.

— Eh bien, que faites-vous ? lança-t-il en la voyant hésiter.

— Je ne sais pas si vous l'avez remarqué, mais je porte des talons !

Elle finit par monter et, un peu essoufflée, s'installa sur le siège proche de lui. L'intérieur de la cabine était d'un luxe stupéfiant : fauteuils inclinables en cuir, lambris en ronce de noyer, équipements à la pointe de la technologie destinés à divertir les passagers. Complétant cela, la présence d'une hôtesse dont la seule occupation était de s'assurer que la demi-heure de vol jusqu'à Long Island se déroule dans un confort optimal.

À la demande de celle-ci, Kitty boucla sa ceinture. Lorsqu'elle releva la tête, Laurence avait allumé une tablette aussi mince qu'une feuille de papier – le genre de matériel que l'on ne trouvait pas dans le commerce, probablement fabriquée spécialement pour lui.

Croisant les jambes, Kitty s'absorba dans la contemplation du paysage, tandis que l'appareil s'élevait au-dessus de la ville. De temps à autre, elle risquait un coup d'œil vers Laurence. En soupirant, elle se laissa absorber par la douceur moelleuse du fauteuil.

Elle n'aurait pas imaginé faire une supposée escapade amoureuse avec un compagnon aussi peu loquace !

En dépit de tous ses efforts, Laurence ne pouvait s'empêcher de glisser des regards discrets en direction de Kitty.

Elle lui évoquait le genre d'affiche publicitaire d'autrefois, mettant en scène des élégantes nonchalamment appuyées à un comptoir de bar, dans des lieux aussi exotiques que La Havane. Kitty était ce type de femme élancée, aux cheveux de jais, au teint caramel, aux yeux brillants. Et elle affichait la même physionomie mélancolique – une expression de désir inassouvi.

Quels pouvaient bien être les désirs qui tenaillaient Kitty – et pourquoi s'en souciait-il autant ?

Ils avaient seulement échangé deux baisers, mais leur souvenir revenait le hanter aux moments les plus inopportuns.

Elle semblait déconcertée par les coups d'œil qu'il lui lançait. Pourtant, il ne parvenait pas à s'en dispenser.

— Allons-nous faire tout le voyage sans échanger le moindre mot ? s'enquit-elle soudain.

Laurence haussa les épaules.

— À vous de voir, répondit-il. Vous m'avez l'air assez peu

douée pour le bavardage à bâtons rompus. Ce qui est surprenant pour quelqu'un qui a besoin de se concilier les faveurs de potentiels donateurs.

Le sarcasme fit plisser les yeux à Kitty, cependant elle ne se laissa pas démonter.

— Très bien, dit-elle. Alors, racontez-moi ce que vous êtes devenu après que votre père m'a eu jetée dehors. Il me semble avoir lu dans la presse que vous avez essayé de torpiller son élection. C'est bien cela ?

Sous l'effet de la surprise, Laurence se sentit pâlir. Ce n'était pas le sujet de conversation auquel il s'était attendu. Néanmoins, il se ressaisit.

— C'est un peu exagéré, corrigea-t-il. Je me suis contenté de poster quelques messages sur des réseaux sociaux, et de communiquer des informations à la presse.

— Oui, mais enfin, vous l'avez accusé de malhonnêteté !

Afin de se concentrer, Laurence ferma sa tablette. Il n'entendait pas répondre à la légère, au risque de se trahir. Kitty ne devait pas savoir ce qui avait motivé son renvoi de chez les Stones, ni le rôle que lui-même avait joué dans l'affaire. Comment réagirait-elle si elle l'apprenait ? Qu'elle refuse de l'aider à circonvenir Mueller, et tous les plans de Laurence s'effondraient.

Il lui fallait faire preuve de la plus extrême prudence : en dire assez pour satisfaire Kitty, sans lui laisser soupçonner la part qu'il avait prise dans l'histoire.

— Je n'étais pas un adolescent facile, fit-il d'un air contrit. Mon père était trop occupé par sa carrière politique pour m'accorder l'attention dont j'avais besoin. Comme je soupçonnais qu'il ne soit pas très rigoureux dans ses déclarations d'impôts, j'ai bêtement pensé qu'attirer les regards du public sur le sujet serait une sorte de… *vengeance* de ma part. Que ça l'obligerait à revoir ses priorités dans la vie. Je me trompais ! Tout ce à quoi je suis parvenu, c'est à mettre une sacrée pagaille dans la famille.

Voilà qui devrait combler la curiosité de Kitty, songea

Laurence. Et tant pis si son récit manquait quelque peu d'exactitude.

Il la vit hésiter entre réserve polie et envie d'en savoir davantage. Malheureusement, ce fut la deuxième option qui l'emporta.

— Et que s'est-il passé, ensuite ? Est-ce qu'on vous a mis à la porte, vous aussi ?

— Oui, c'est à peu près ça…

Afin de faire comprendre qu'il ne souhaitait pas en dire plus, Laurence reprit sa tablette. « Mis à la porte » était un doux euphémisme pour décrire la situation dans laquelle il s'était retrouvé. Pour lui faire payer son manque de loyauté, son père lui avait fait vivre un véritable enfer. Cela, Kitty n'avait pas besoin de le savoir.

— Je suis désolée pour vous, déclara Kitty après quelques secondes de pause.

— Inutile ! répliqua-t-il en haussant les épaules. Cela m'a obligé à me débrouiller seul pour en arriver là où je suis aujourd'hui. Cela a été pareil pour vous, non ?

Dans un premier temps, Kitty demeura pensive, puis elle répondit sèchement :

— Nos histoires n'ont rien de commun.

Ce reproche à peine voilé mit Laurence sur la défensive.

— Bien sûr ! répliqua-t-il d'un ton acide. Je suppose que vous vous jugez plus valeureuse que moi.

Si seulement Kitty ne l'avait pas regardé avec cette mine compatissante !

Laurence ne supportait pas la pitié. Si quelqu'un était à plaindre, c'était clairement *elle*. Il avait, d'ailleurs, une indiscutable dette à son égard. Laurence se promettait bien de s'en acquitter. Il l'aiderait à développer sa fondation comme s'il s'agissait de la sienne propre. Il présenterait Kitty à des nababs qui lui permettraient de passer à un niveau financier sans commune mesure avec celui qu'elle avait atteint à ce jour.

Après quoi, Kitty Asare sortirait de sa vie pour toujours.

Laurence détestait les courses hippiques. Rien ne l'ennuyait autant que voir des canassons courir sur une piste, suants et écumants, tandis que l'on pariait des fortunes sur leur dos depuis les tribunes.

L'hippodrome de Giles Mueller n'était fréquenté que par le gratin de la côte Est des États-Unis. Jusqu'à l'année précédente, c'était un lieu privé. Maintenant que son propriétaire avait décidé de l'ouvrir plus largement, il avait besoin des services de l'agence Laurence & Haddad pour le présenter au monde sous le jour le plus flatteur.

L'hélicoptère déposa Laurence et Kitty à peu de distance du lieu des réjouissances, et ils s'en approchèrent d'un pas nonchalant.

Laurence avait posé une main au creux des reins de Kitty, comme pour lui éviter de chanceler sur ses hauts talons. Il se pencha à son oreille pour lui murmurer :

— Mieux vaudrait que nous adoptions un tutoiement de circonstance, puisque nous sommes censés être en couple. Cela ne devrait pas nous être trop difficile. Après tout, ne sommes-nous pas de vieilles connaissances ?

Kitty lui lança un coup d'œil qui n'avait rien d'amoureux. Fort heureusement, ils étaient encore à distance respectable de l'assistance.

Leur tandem tranchait assez nettement avec le reste de l'assemblée, dont la moyenne d'âge et l'appartenance sociale ostensible évoquaient plutôt le sénateur Stone et ses amis. Au dire de Giles, tous les participants aux festivités du jour étaient impatients de faire la connaissance du « couple tellement exotique » que formaient Laurence et Kitty.

— Où donc est-ce que Laurence vous cachait, ma chère ? s'exclama Doris Mueller en détaillant Kitty des pieds à la tête à travers ses lunettes de soleil gigantesques.

Kitty ouvrait la bouche pour répondre, mais Laurence l'en empêcha en posant une main sur son bras.

— Cela fait seulement quelques semaines que nous sommes

ensemble, Kitty et moi. C'est récent, mais nous sommes très heureux.

Il couva sa partenaire d'un regard énamouré et constata qu'elle semblait sur le point de tourner de l'œil. Il faudrait qu'elle apprenne à ne plus avoir l'air horrifiée à l'idée d'être en couple avec lui.

— Kitty dirige une œuvre caritative, expliqua-t-il, et elle m'a sollicité pour lui donner un coup de main afin d'étoffer sa structure. C'est comme ça que nous nous sommes rencontrés. J'ai été bluffé par ce qu'elle arrive à réaliser pour venir en aide aux jeunes défavorisés !

Spontanément, Laurence avait tendrement pris Kitty par la taille. Il perçut l'effort qu'elle faisait pour ne pas tressaillir.

— Comme c'est passionnant ! s'extasia Doris. C'est tellement important de mettre ses capacités au service de la collectivité !

— Absolument !

Laurence se lança dans un résumé de ce qu'avait été la vie de Kitty, insistant sur son expérience du système de placement, sa réussite personnelle, son désir de contribuer à l'épanouissement des jeunes dans la même situation qu'elle.

Lorsqu'il en eut terminé, Doris hochait la tête d'un air pénétré, une main sur la poitrine, et Giles applaudit.

— Félicitations, Kitty ! s'exclama-t-il. Vous êtes une jeune femme formidable !

Au grand soulagement de Laurence, Kitty finit par se décider à abandonner son expression renfrognée.

— Je suis ravie de faire votre connaissance, dit-elle.

— Mais nous aussi ! renchérit Doris. Venez donc prendre place dans notre tribune personnelle.

— Avec grand plaisir ! répondit Laurence en laissant sa main glisser jusqu'à la hanche de Kitty. Nous vous suivons.

Quel monstre d'arrogance !

La fureur de Kitty n'avait cessé de croître pendant tout le temps où Laurence faisait le récit de sa vie de pauvre orpheline.

S'il y avait bien une chose qu'elle ne supportait pas, c'était d'être présentée comme une victime.

Avec sa prétention de nanti, Laurence se croyait tout permis, et il ne valait pas mieux que son ignoble père !

Sentir sa main posée sur sa hanche la mettait au supplice, et il lui fallait lutter contre elle-même pour ne pas s'en libérer.

— Un instant ! murmura-t-elle entre ses dents comme ils emboîtaient le pas aux Mueller.

S'immobilisant, Laurence se tourna vers elle, haussant les sourcils de cette façon que Kitty trouvait absolument exaspérante.

— Il y a un problème ? demanda-t-il, l'air surpris.

Cela ne fit qu'accroître l'irritation de Kitty.

— Pourquoi leur avoir raconté cette histoire larmoyante ? fulmina-t-elle. Je n'ai pas besoin qu'on s'apitoie sur mon sort !

— J'essayais juste de les intéresser à ton œuvre…

— Ma *fondation* ! Et je croyais que l'un des buts de ma présence ici était de me donner l'opportunité de m'adresser directement à tous ces gens.

— Quelle différence ? Nous sommes ici en tant que *couple*, non ?

— C'est *moi*, qui parle de ma fondation, rétorqua Kitty, furieuse. Pas *toi*. Et pour moi aussi, il y a des sujets tabous. En ce qui te concerne, c'est ton père. Moi, c'est mon passé.

Ce fut seulement à la fin de cette tirade que Kitty prit conscience d'avoir tutoyé Laurence. Comme si cela était naturel…

— Kitty, je n'ai rien dit de mal, protesta-t-il.

Il semblait fasciné par la façon dont sa poitrine se soulevait sous l'effet de la colère. Une fraction de seconde, Kitty fut traversée par l'idée extravagante qu'il allait peut-être la prendre aux poignets, l'attirer contre lui… Elle recula.

— Tiens-le-toi pour dit ! gronda-t-elle, avant de s'éloigner d'un pas décidé.

Sauf que Kitty avait oublié les talons sur lesquels elle était juchée. Elle sentit sa cheville vriller, et trébucha. En un éclair, Laurence l'avait rattrapée, la prenant à la taille.

— Pour l'amour du ciel, comment peut-on marcher sur des échasses pareilles ? s'indigna-t-il.

— Lâche-moi ! fit-elle en se dégageant de son étreinte.

Fort heureusement, elle ne sentait aucun élancement douloureux. Cependant, lorsqu'elle voulut faire un pas, elle perdit de nouveau l'équilibre. La boucle de la sandale s'était détachée. Kitty jura à mi-voix.

— Très féminin ! souffla Laurence, mettant un genou en terre devant elle. Laisse-moi voir.

Avant que Kitty n'ait le temps de réagir, les grandes mains enserraient sa cheville. Elle prit une brève inspiration.

— Je te fais mal ? s'enquit-il.

— Non.

C'était à cause de la chaude caresse des longs doigts fermes que Kitty avait été parcourue d'un frisson fulgurant.

— Tout va bien, vraiment, ajouta-t-elle.

Pour s'en assurer, Laurence soumit sa cheville à des mouvements de rotation, et Kitty sentit monter en elle des ondes de chaleur qui n'étaient nullement dues aux rayons encore vifs du soleil de fin d'après-midi.

À quelques mètres devant eux, Doris et Giles se retournèrent.

— Déjà en train de faire votre demande en mariage, Laurence ? lança Doris.

Éclatant de rire, Laurence fit mine de sortir une bague de sa poche, puis il reporta son attention sur la cheville de Kitty.

— Quelle vieille fouineuse ! marmonna-t-il sous cape.

— Bon, tu peux te relever maintenant, non ?

— Un instant, je rattache la boucle de ta chaussure. Elle s'était juste défaite.

Avec dextérité, Laurence fit passer la fine lanière de cuir dans l'attache. Pourquoi, diable, mettait-il aussi longtemps ? Le frôlement épisodique des doigts sur sa peau la faisait frémir jusqu'au tréfonds de son être. Kitty n'avait jamais supposé que le pied soit une zone érogène aussi sensible.

Se concentrant pour apaiser les battements effrénés de

son cœur, elle inspira profondément. Il était hors de question qu'elle laisse percevoir à Laurence le trouble qui l'habitait.

Il se releva, et lorsque son regard s'attarda sur le visage de Kitty, elle comprit que c'était véritablement Laurence Stone qui la contemplait, et non l'homme d'affaires manipulateur jouant la comédie destinée à conclure un marché juteux. De toute façon, le couple Mueller n'était plus à portée de vue.

Il lui tendit le bras, cependant Kitty avait remarqué que sa pochette était à moitié sortie de sa poche poitrine et elle eut un geste instinctif pour la remettre en place. Elle sourit lorsque Laurence recula spontanément.

— Je ne vais pas te frapper, se moqua-t-elle.

— On n'est jamais assez prudent !

Effectuer cet acte ordinaire avait quelque chose d'étrangement intime, aussi Kitty se dépêcha de remettre en place le petit carré de tissu.

Jamais elle n'avait connu d'homme capable de jeter un tel trouble dans son esprit. La plupart du temps, Laurence Stone lui donnait des envies de meurtre ; à d'autres moments, son humour pince-sans-rire la faisait rire malgré elle ; et, à son grand désespoir, il n'était pas rare qu'elle soit taraudée par l'envie qu'il l'embrasse jusqu'à lui faire perdre le souffle.

Le pire, c'était qu'elle ne pouvait exclure la possibilité qu'il finisse par lui inspirer de tendres sentiments. Et c'était une perspective terrifiante.

La première course n'avait pas encore débuté que Kitty enregistrait déjà trois propositions de sponsoring. À chaque nouvelle rencontre, sa confiance en elle ne faisait que croître. Laurence se contentait de la présenter aux invités des Mueller, puis la laissait mener les entretiens à sa guise.

Lorsque le vacarme des sabots sur la piste, additionné à celui des exclamations du public, les mit à l'abri des oreilles indiscrètes, Laurence se pencha vers Kitty.

— Satisfaite ? lui glissa-t-il à l'oreille.

— Plutôt, oui, répondit-elle. J'étais davantage stressée que je ne l'imaginais. Bien que j'aie l'habitude de présenter ma fondation à de parfaits inconnus.

— Tu t'en es honorablement sortie, répliqua-t-il.

— *Honorablement ?* Comme compliment, il y a mieux !

— Je ne vais pas te tresser des couronnes de laurier, quand tu t'es contentée de leur asséner la liste des arguments exposés sur ton misérable site web. Presque mot pour mot !

Fixant Laurence avec des yeux ronds, Kitty se demanda si elle ne ferait pas mieux de lui jeter le contenu de sa flûte de champagne à la figure.

— Plusieurs personnes se sont engagées à me faire des dons, non ? Cela signifie que…

— Qu'ils étaient prêts à n'importe quoi pour te faire taire !

Kitty faillit s'étrangler avec une gorgée de champagne, et Laurence lui décocha l'un de ces sourires ravageurs dont il semblait avoir le secret.

— J'essaie juste de te prodiguer quelques conseils, reprit-il. Convaincre des gens de signer de gros chèques, c'est plutôt mon domaine. Je ne cherche nullement à te rabaisser.

C'était pourtant l'impression qu'il donnait. En ayant l'air d'y prendre grand plaisir, en plus.

— Et que devrais-je faire, selon toi ? questionna-t-elle, curieuse. Je préfère me limiter à une présentation factuelle de ma fondation plutôt qu'infliger le récit de ma vie à mes interlocuteurs.

Laurence releva le bord du canotier en paille qui lui tombait sur les yeux. Ce genre de couvre-chef aurait semblé ridicule sur n'importe qui, sauf sur lui.

— À ton avis, répliqua-t-il, pourquoi crois-tu que nous sommes ici, habillés comme des personnages de *Gatsby le magnifique* ? Parce qu'il s'agit de jouer un rôle. Un bon vendeur est, avant tout, un raconteur d'histoires. Choisis, dans ton parcours, les éléments qui cadrent avec la situation, puis brode à partir de ça.

Dans le feu du discours, Laurence s'était rapproché d'elle.

Kitty vit, à quelques rangs de distance, Doris Mueller pousser son mari du coude, et elle lut sur ses lèvres : « Ne sont-ils pas adorables ? »

— Tous ces gens-là sont prêts à te manger dans la main si tu le veux, ajouta Laurence avec un signe de tête englobant l'assemblée. Tu es belle, intelligente, généreuse…

Chacun des termes employés par Laurence allumait une étincelle en Kitty. Cela faisait des années qu'elle travaillait d'arrache-pied, sans que personne ne la complimente pour ses efforts…

— Je ne suis pas sûre que ce soit vraiment dans mes cordes, maugréa-t-elle.

Laurence esquissa un petit sourire, puis se pencha pour lui murmurer à l'oreille :

— Réfléchis bien…

Elle sentit ses lèvres chaudes l'effleurer, ce qui la priva de toute capacité de réflexion. Il émanait de Laurence un parfum évoquant le raffinement et l'opulence. La grande main aristocratique était posée au creux de sa taille, comme s'il n'y avait rien de plus naturel.

Lorsqu'il l'attira plus près, Kitty fut parcourue par un violent frisson. La bouche et le nez de Laurence étaient nichés au creux de son cou. Elle ferma les yeux.

— Pourquoi ne pas leur raconter notre histoire, par exemple ? Leur parler de nous deux ?

— Ça n'existe pas !

Kitty était partagée entre l'envie de s'écarter de Laurence, et celle de se lover contre lui. Comme s'il avait compris le conflit qui se jouait en elle, il resserra son étreinte.

— Chut ! souffla-t-il contre sa joue. Ne gâche pas tout !

Il s'interrompit avec un petit rire étouffé, puis enchaîna :

— Souviens-toi ! Dans un moment de danger, il y a cet éclair inattendu entre un homme et une femme. Elle est jeune et pétulante. Sa peau est la perfection même…

À cet instant, Laurence marqua une pause pour lui mordiller l'angle du maxillaire, la faisant sursauter.

— Elle a un regard capable d'envoûter un homme, reprit-il.

Les joues de Kitty étaient en feu, mais Laurence continuait à la tenir étroitement enlacée. Elle ne pouvait penser à rien d'autre qu'à la sensation de ce grand corps serré tout contre elle. Et cela lui semblait… oui, *dans l'ordre des choses.*

Il ne cessait de lui parler tout doucement. *D'eux.*

— Souviens-toi, redit-il. Ils sont encore couverts de poussière. Ils tremblent, parce qu'ils viennent d'échapper à la mort. Alors, il y a entre eux cette étincelle. En cet instant, plus rien n'existe hormis eux deux, couchés sur le bitume sale, tandis que l'agitation de la ville les entoure.

Les lèvres de Laurence s'approchèrent des siennes, et Kitty laissa échapper un soupir juste au moment où leurs bouches se rencontraient. Pour un baiser qui n'avait rien de possessif, ni même de taquin. Un baiser incroyablement tendre, presque amoureux.

Alors, Kitty sentit se ranimer en elle quelque chose qu'elle croyait avoir fait taire à tout jamais : le besoin d'amour.

Lorsqu'ils s'écartèrent l'un de l'autre, elle cligna plusieurs fois des paupières, tremblant comme une feuille… En tout cas, comme une femme qui viendrait de prendre conscience d'être pratiquement assise sur les genoux de l'homme qui lui convenait le moins dans tout Manhattan.

— Tu dis n'importe quoi ! finit-elle par lâcher en se redressant.

L'éclat de rire de Laurence résonna dans les tribunes.

— C'est exactement cela, mon job, Kitty ! s'exclama-t-il. Je vends du rêve. Ce qui compte, ce n'est pas ce qui existe *vraiment.* C'est ce qui *pourrait* exister si nous vivions dans un monde idéal. Il ne s'agit pas de mentir, mais d'offrir aux gens ce qu'ils ont envie d'entendre. Et, en l'occurrence, de leur laisser croire qu'ils ont été témoins des débuts de notre histoire d'amour. C'est une simple illusion, faite pour durer aussi longtemps que nous en aurons envie.

Aussi longtemps que nous en aurons envie.

Tout à coup, Kitty se sentit étrangement désemparée. Elle s'était comportée comme une imbécile en se laissant troubler par les propos de Laurence, par le baiser qu'il lui avait donné. Elle ferait mieux de ne pas oublier qu'il se contentait de jouer la comédie.

— Tu n'es rien qu'un charlatan, dit-elle en le repoussant.

Sauf qu'elle avait mis dans son geste bien moins de fermeté qu'elle ne l'avait souhaité.

De nouveau, Laurence partit d'un grand rire. Et lorsqu'il l'entoura de son bras, Kitty ne protesta pas. Bien au contraire, elle se laissa aller contre lui. C'était tellement… agréable.

— Je suis un *très riche* charlatan, fit-il. Ce que tu deviendras à ton tour, à condition de te prêter au jeu.

8.

Après leur journée aux courses, Laurence et Kitty adoptèrent ce qu'il qualifiait d'un « rythme de croisière ». Ensemble, ils allèrent écouter un pianiste de jazz renommé, passèrent une soirée dans un théâtre de Broadway, se rendirent à un déjeuner et quelques dîners avec des clients potentiels ou des personnalités éminentes du monde des affaires.

Kitty prenait dangereusement l'habitude d'être transportée dans une limousine de luxe, parée de vêtements dont le prix aurait suffi à payer son loyer pour plusieurs mois. Chaque fois qu'elle sortait avec Laurence, elle se répétait comme un mantra que son seul objectif était le succès de sa fondation. En l'espace de quelques semaines, elle avait reçu plus de dons qu'au cours de toute l'année précédente.

Un matin, de bonne heure, elle reçut un coup de téléphone d'une Cordelia aussi énergique que de coutume.

— Une chaîne de télévision est prête à vous accorder une interview pour leur bulletin d'info du matin. Laurence voudrait savoir si vous êtes intéressée.

Intéressée ? Il aurait fallu qu'elle soit folle pour ne pas l'être !

— Oui, bien sûr que je suis intéressée.

— Parfait. Je vous envoie les renseignements nécessaires.

Une interview dans une émission de l'une des télévisions nationales ! Kitty était partagée entre l'euphorie et une terreur sans nom.

Le lendemain, elle fut contactée par un représentant de la chaîne. Il s'agissait de réaliser un sujet de sept minutes au cours desquelles Laurence et elle-même parleraient d'action philanthropique en général, et plus précisément du rôle qu'elle jouait auprès des jeunes défavorisés.

Dès qu'elle eut raccroché, Kitty se plongea dans ses dossiers, ainsi que dans les notes qu'elle avait précédemment rédigées pour des interventions en public. Rien ne lui semblait adéquat pour la télévision. Encore moins pour le type d'émission dans lequel ils étaient programmés, et où on n'abordait habituellement que des sujets légers.

Laurence n'avait pas tort : ses présentations étaient ennuyeuses comme la pluie. Ne sachant trop comment se tirer d'affaire, elle décida de l'appeler. Il décrocha dès la première sonnerie.

— Serait-ce la femme de ma vie ? lança-t-il d'un ton goguenard.

— Arrête de plaisanter ! J'ai besoin d'aide. C'est au sujet de l'émission de télévision. Je n'ai aucune idée de comment tourner ma présentation pour la rendre moins aride.

— Tu es nerveuse ? fit-il, visiblement amusé.

Kitty l'était, bien sûr. Et le trouble qu'elle éprouvait à entendre Laurence n'arrangeait rien. Depuis leur journée aux courses, il avait bien pris garde à ne plus poser les mains sur elle. Or, au lieu de s'en réjouir, elle ne pouvait s'empêcher d'en être presque dépitée. Si son esprit abhorrait l'idée de tout contact physique avec Laurence, son corps souffrait de privation.

— Alors ? insista-t-elle.

— Eh bien, lorsque je dois présenter un projet à des clients, je réfléchis d'abord à l'information qui leur est indispensable. Ce qui relève de mes compétences, et qu'ils ignorent forcément. Cela m'évite toute nervosité. N'oublie pas que c'est toi l'experte sur le sujet.

Kitty se surprit à hocher la tête. Laurence ne lui apprenait rien de nouveau, bien sûr, mais elle trouvait rassurant de l'entendre de sa bouche.

— D'accord, fit-elle.

— Et, Kitty, n'hésite pas à parler un peu de toi. Sans rentrer dans des détails inutiles. Mais les gens ont besoin de sentir que tu es… *humaine*. Capable d'empathie.

Il se tut, apparemment à court d'arguments. Cependant, Kitty n'avait pas envie de mettre un terme à la conversation. Pour des raisons sur lesquelles elle préférait ne pas s'interroger.

— Tu es occupé ? questionna-t-elle.

— Je suis en réunion avec Desmond et un actionnaire.

— Quoi ? Tu n'es pas seul ?

— Tu sais très bien que tu es ma priorité absolue, mon cœur !

Laurence laissa échapper un petit rire de gorge qui fit monter en Kitty une onde de désir.

— Je te laisse, conclut-elle.

Et elle raccrocha, le visage en feu.

Le jour de l'interview, Laurence passa chercher Kitty pour se rendre au studio où leur intervention serait préenregistrée en vue d'une diffusion le lendemain matin. Manifestement, Kitty était soulagée que les choses se passent ainsi.

— Je n'étais pas très à l'aise à l'idée de passer en direct, avoua-t-elle.

Laurence haussa les épaules.

— Moi non plus. Cela fait plus d'un an que je n'ai pas accepté d'interview télévisée, expliqua-t-il. Je déteste ça, mais Desmond insiste pour que j'en fasse.

Elle n'eut pas le temps de réagir. Déjà on les entraînait vers une caravane où Kitty fut prise en main par une maquilleuse, laquelle s'agita un long moment à l'aide de pots, fards, pinceaux et palettes. Elle termina son œuvre avec une houppette de la taille du visage de Kitty, puis se recula en lançant un vigoureux :

— Vous êtes parfaite !

Sans même attendre de commentaires, elle s'envola vers d'autres invités à transformer.

Plissant le nez, Kitty se contempla dans le miroir. Laurence ne l'avait jamais vue fardée de manière aussi outrancière – pas même le soir où elle s'était introduite dans la réception au Park Hotel. Il n'était pas du tout convaincu par le travail de la maquilleuse. Le fond de teint éteignait la carnation lumineuse de Kitty, lui donnant un aspect cireux et grisâtre. Sa bouche et ses yeux étaient soulignés jusqu'à la caricature.

Comme si elle lisait dans ses pensées, Kitty se toucha le visage en grimaçant et déclara :

— J'ai l'air d'un cadavre.

Laurence pouffa, mais s'interdit de faire de l'humour en voyant une expression soucieuse crisper le charmant visage.

— Que vont dire les gens qui croient que nous sommes ensemble ? fit-elle, l'air désespéré. Et si jamais tes parents regardent l'émission ? Que vont-ils penser ?

Il fallut un réel effort sur lui-même à Laurence pour ne pas laisser paraître la fureur que lui inspirait cette question.

— Rassure-toi, ils ne font plus partie de ma vie.

— Que s'est-il passé ? demanda Kitty.

Laurence étouffa un juron. Sa rupture avec ses parents était restée plutôt secrète. La question de Kitty le prenait au dépourvu.

— Enfin, Kitty, est-ce que tu m'as *seulement écouté* quand je t'ai parlé des magouilles de mon père ? s'agaça-t-il. Tu sais aussi bien que moi qu'il n'est rien d'autre qu'une ordure. Quant à ma mère, elle ne vaut pas beaucoup mieux que lui…

Baissant la garde, il n'avait pas hésité à insuffler à chacune de ses paroles l'amertume qu'il ressentait à l'égard de ses parents.

— Plus que quiconque, tu en as fait la triste expérience, enchaîna-t-il. Oublierais-tu la facilité avec laquelle ils se sont débarrassés de toi quand ils ont jugé que tu ne leur étais plus utile ?

Allons, il fallait qu'il se reprenne ! songea Laurence. Il se laissait emporter, cédait à l'émotion. C'était prendre le risque que Kitty cherche à en savoir davantage.

— Ne t'inquiète pas, lui dit-il, tu feras très bonne impression. Le public qui regarde ce genre d'émissions n'est pas des plus pointilleux.

— Espérons seulement que je ne leur ferai pas peur, se désola Kitty en montrant son visage dans le miroir.

Laurence grimaça.

— Ma mère se maquillait toujours elle-même avant une séance de photos, dit-il pensivement.

Tout à coup, il était transporté dans son enfance, entendant sa mère protester que les maquilleurs ne savaient jamais mettre en valeur la chaude couleur café de sa carnation.

« Ma peau n'a aucun besoin d'un fond de teint ! » fulminait-elle.

En dépit du ressentiment qu'il éprouvait à son égard, Laurence était parfois envahi par des souvenirs qui s'infiltraient dans sa mémoire, comme des volutes de fumée à travers les lézardes d'un mur.

Reprenant pied dans l'instant présent, il reporta son attention sur Kitty. Elle non plus n'avait pas besoin que l'on cherche à amender son teint. Même sous l'épais maquillage, sa peau était éclatante de fraîcheur.

— Tu as raison, dit-il en se levant pour s'approcher du fauteuil de Kitty, cette fille a fait un désastre. On dirait que tu es prête à tourner dans un épisode de *Dynastie*. Ne bouge pas, et lève la tête pour que je ne tache pas ta robe.

Tout en parlant, Laurence s'était muni d'un paquet de lingettes démaquillantes trouvé sur la coiffeuse, et il entreprit d'enlever délicatement les fards sur ses joues, sa bouche, ses paupières.

— Comment se fait-il que tu t'y connaisses aussi bien en maquillage, et en séries télévisées ? interrogea Kitty en tendant son visage vers lui, les yeux fermés.

— Tu oublies que ma mère était mannequin, répondit Laurence avec un petit rire. Et elle était aussi accro aux séries. Petit, je passais beaucoup de temps avec elle. Enfin… jusqu'à ce que mon père se lance en politique. Après cela, elle a été bien trop occupée pour s'intéresser à moi.

Kitty ouvrit les yeux, et il fut transpercé par une véritable décharge électrique.

— Merci, Laurence, fit-elle.

— Il n'y a pas de quoi.

La façon dont Kitty avait prononcé son prénom, l'espace clos de la caravane, le fait qu'il venait de la débarbouiller, tout cela créait une atmosphère étrangement intime. Il prit une petite serviette sur la coiffeuse, et fit couler l'eau dans le lavabo placé juste à côté. Lorsque ce fut suffisamment chaud, il mouilla le linge, puis le tordit.

— Dernière étape du traitement, fit-il en lui tamponnant les joues.

Un soupir ravi s'échappa de la bouche pulpeuse, et Laurence sentit tout son corps réagir. Il préférait ne pas prêter attention à la manière dont son sang bouillonnait dans ses veines dès que Kitty était proche de lui.

— Hmm, c'est divin, murmura-t-elle en fermant à nouveau les paupières pour mieux s'abandonner à la douce chaleur de la compresse sur sa peau.

Il s'éclaircit la voix pour rompre le silence, et déclara :

— Tu vas très bien t'en sortir.

Les joues de Kitty avaient pris une délicate nuance rosée, teintant l'épiderme couleur de châtaigne. Était-ce la chaleur de la serviette, ou les effets de leur proximité ?

Peut-être les deux…

Laurence n'aurait eu qu'à se pencher pour prendre ses lèvres. Les longs cils épais dessinaient des ombres en demi-lune sous ses yeux – il était clair que Kitty n'avait nul besoin de mascara.

Elle vrilla son regard au sien, et Laurence crut que ses genoux se dérobaient sous lui. Pour la première fois depuis qu'ils s'étaient retrouvés, Kitty ressemblait à l'adolescente rencontrée autrefois.

— Je suis morte de peur, avoua-t-elle dans un souffle. Je n'aurais jamais imaginé me retrouver, un jour, à mentir sur un plateau de télévision, devant des millions de gens !

Laurence s'obligea à émettre un petit rire moqueur. Cela ne correspondait pas du tout à son état d'esprit, mais il était impératif qu'il fasse réagir Kitty, sinon l'interview allait être un désastre – ce qu'il ne pouvait se permettre.

Cela eut l'effet escompté, car elle se leva brusquement en le fusillant du regard. C'était parfait ! Il préférait la voir en colère plutôt que rongée par l'angoisse et la culpabilité.

— Je peux savoir ce qui te fait rire ? demanda-t-elle.

— Tes scrupules ridicules, Kitty !

Malgré tout, le trouble que Laurence lisait dans les jolis yeux levés vers lui, les lèvres pleines légèrement entrouvertes, le satin de la peau, tout cela constituait une tentation bien trop grisante. Il s'inclina, s'autorisant à déposer le plus doux des baisers au coin de la bouche pulpeuse.

Juste un baiser.

Le désespoir submergea Kitty. Tout allait de travers !

La tête lui tournait à sentir le grand corps de Laurence si proche du sien, le parfum qui en émanait.

Elle avait l'impression que tout son être palpitait aussi fort que battait son cœur. Le comportement de Laurence la mettait en rage. En même temps, il avait une façon de la regarder qui lui donnait envie de couvrir son visage de ses mains pour pleurer tout son soûl.

C'était à croire qu'il était capable de voir, derrière la façade qu'elle s'était construite, la gamine qui ne se remettait pas d'avoir été abandonnée par sa famille d'accueil.

Lorsque Laurence se pressa contre elle, elle le laissa faire, partagée entre effroi et soulagement. Quelles que soient les répercussions de ce qu'il risquait de se passer, elle n'avait jamais désiré un homme aussi violemment.

— Tu n'as pas à être inquiète, reprit Laurence. Tu vas très bien t'en sortir. Tu es belle, intelligente, et je suis très honoré que tu fasses équipe avec moi.

La prenant aux hanches, il la plaqua contre lui. Sans réfléchir, elle lui encadra le visage de ses mains.

— Laurence…, soupira-t-elle.

C'était peut-être la dernière chose à faire, pourtant cela paraissait totalement naturel à la femme qu'elle était. La femme qui sentait un feu liquide sourdre entre ses cuisses. Quant à ce qui appuyait contre son ventre, n'était-ce pas la preuve irréfutable que l'homme qui la tenait enlacée éprouvait les mêmes émotions ?

Quelle autre solution s'offrait à eux que de crever cette bulle de tension qui les enveloppait ? Peut-être serait-ce la seule manière de venir à bout de l'attraction mutuelle qui les taraudait depuis leur rencontre fortuite ?

Écartant les mains du visage de Laurence, elle laissa ses doigts glisser le long du torse d'airain, de plus en plus bas vers l'abdomen que l'on aurait cru taillé dans le roc. Elle allait s'aventurer encore plus bas, quand il arrêta son geste en la prenant brusquement au poignet.

— Non, fit-il.

Cependant, Kitty n'eut guère le temps d'être mortifiée, car il s'empara de sa bouche avec une détermination farouche. Si le baiser qu'il lui avait donné dans son bureau tenait plutôt d'une lente exploration, celui-ci était bien plus sauvage, plus impérieux. Cherchait-il à marquer un point, ou bien à l'effrayer ?

Eh bien, elle aussi avait quelque chose à prouver ! Et Kitty donna libre cours à toutes ses frustrations dans cet affrontement fiévreux de lèvres et de peau.

Lorsqu'ils s'écartèrent pour reprendre leur souffle, elle releva le menton. Pour la première fois depuis le début de toute cette histoire, Kitty avait le sentiment de dominer la situation. Les pupilles dilatées de Laurence, son visage enflammé, ne lui en apportaient-ils pas la preuve ? Personne ne l'avait jamais contemplée de cette façon.

— Apparemment, cela ne t'a pas déplu, dit-elle en adoptant le ton moqueur dont il était coutumier dans leurs échanges.

Laurence esquissa une moue, avant de poser les lèvres sur le lobe de l'oreille de Kitty, puis de les laisser descendre le long de son cou. Elle se mordit la lèvre. Se doutait-il que c'était un endroit particulièrement sensible de son anatomie ?

S'il était à ce point en phase avec ce qu'elle ressentait, il y avait fort à parier que leurs ébats seraient explosifs.

— Hmm, murmura-t-il, c'est tellement bon…

Tous les signaux d'alarme qui avaient résonné dans la tête de Kitty s'estompèrent comme par magie.

Elle était irrémédiablement perdue.

9.

Si Kitty ne cessait pas de se frotter aussi sensuellement contre lui, les choses seraient terminées avant même d'avoir commencé, songea Laurence.

À vrai dire, il aurait été mieux inspiré de ne rien commencer du tout. Il en avait clairement conscience. Néanmoins, quelle que soit la nature du trouble existant entre eux, il fallait qu'ils s'en libèrent d'une manière ou d'une autre.

Tout d'abord, Laurence s'accorda le plaisir de refermer les mains sur les seins de Kitty, s'émerveillant de les sentir si doux et ronds sous ses paumes. Même à travers corsage et soutien-gorge, il ne put ignorer la façon dont les tétons durcissaient immédiatement. Mais, pour l'instant, il avait autre chose en tête.

Grâce à Dieu, Kitty était en jupe…

Abaissant les mains jusqu'en haut de ses cuisses, il rassembla entre ses doigts l'étoffe soyeuse, la remontant de plus en plus haut, exposant centimètre après centimètre de peau merveilleusement souple.

Cependant, il ne devait pas perdre de vue que cela n'était rien d'autre qu'un plaisir passager. Rien n'était envisageable avec Kitty Asare qu'un très bref et banal écart de conduite.

Pour l'instant, elle posait sur lui un regard voilé, presque *implorant.* Il effleura ses lèvres, tout en glissant une main entre ses cuisses. La peau était d'une douceur telle qu'il ne se souvenait pas en avoir connue. Elle était délicieusement chaude, et il la sentait frémir sous sa paume. Laurence prolongea sa caresse d'une main paresseuse, quasi machinalement, sans détacher les yeux du ravissant visage aussi changeant que le ciel. En quelques secondes, Laurence y vit se succéder émerveillement, confusion, impatience et – surtout – un incommensurable désir.

Son propre corps ne demandait qu'à répondre à la supplique muette qu'il y lisait. Mais, pour l'instant, Laurence n'avait envie que de contempler Kitty. Et de lui donner du plaisir.

Il plaqua une paume contre le brasier qu'il sentait à travers la mince barrière de dentelle, et Kitty bascula la tête en arrière. D'un doigt, il suivit l'entrelacs des broderies, avec une lenteur qu'elle dut trouver exaspérante car elle ne tarda pas à faire descendre la culotte sur ses chevilles. Laurence se délecta de tant de douceur duveteuse, avant d'écarter les pétales satinés dont la touffeur fit affluer le sang à son entrejambe avec des pulsations tellement violentes que c'en était presque douloureux.

— Écarte les jambes…, dit-il d'une voix rauque.

Sous ses doigts, le bourgeon caché était gonflé. À sentir sa délicieuse moiteur, Laurence laissa échapper un gémissement de frustration. N'y résistant plus, il s'accroupit devant Kitty.

Elle laissa échapper un cri de surprise ravie, avançant le bassin contre sa bouche. Le petit rire de Laurence fut étouffé par le cœur incandescent où s'immisçait sa langue.

Il était clair que Kitty n'attendait que cela. Son corps était tendu comme un ressort. Laurence n'aurait pas demandé mieux que de la voir s'effondrer dans ses bras.

Pourtant, il ne se permit pas de poursuivre trop longtemps. À contrecœur, il reprit pied dans la réalité. Lorsqu'il se releva, les mains fines de Kitty s'aventurèrent à l'endroit où son érection tendait l'étoffe du pantalon. Il les retint.

— *Non*, fit-il entre ses dents serrées.

Qu'elle pousse plus loin cette initiative aurait signifié qu'elle prenait le contrôle de la situation. C'était hors de question ! Laurence ne pouvait s'y résoudre.

Il nota la crispation du visage révélant à quel point Kitty était frustrée. Mais cette expression laissa place à un étonnement extasié, lorsqu'il insinua un doigt en elle.

— C'est ça…, murmura-t-il très doucement. Prends ton plaisir.

Alors, Kitty fit aller et venir son bassin avec acharnement, en cercles entêtés. Elle avait niché son visage dans le cou de Laurence et des mots sans suite sortaient de sa bouche. Il ne fallut pas longtemps avant qu'elle ne jouisse dans un cri rauque, se laissant aller contre ses doigts.

Pendant quelques secondes, tous deux ne furent que halètements et battements de cœur effrénés. Puis, reprenant leur souffle, ils commencèrent à émerger. S'éclaircissant la voix, Laurence retira sa main de sous la jupe.

— De la part d'une petite amie imaginaire, c'était assez réussi, dit-il d'une voix rauque.

D'accord, songea-t-il, on pouvait trouver mieux pour rompre le sortilège. Mais il était urgent qu'il pense à autre chose qu'à cette pulsation lancinante au creux de son bas-ventre.

— Oh… *toi* ! Espèce de sale type !

La voix de Kitty n'avait pas tout à fait retrouvé une tonalité normale, et elle fit mine de lui donner une tape d'une main, tout en ramassant de l'autre le chiffon de dentelle gisant à ses pieds.

Elle ouvrait la bouche pour ajouter quelque chose, lorsque quelqu'un frappa à la porte.

— On vous attend sur le plateau dans quinze minutes, lança une voix d'homme.

Kitty entreprit frénétiquement de remettre de l'ordre dans sa toilette.

— Pas d'affolement ! s'interposa Laurence. Tu as largement le temps de te remaquiller un peu. Quant à moi…

Il eut un geste pour désigner sa braguette, encore tendue par une érection qui ne semblait pas près de diminuer.

— Je crains d'en avoir pour un petit moment avant d'être présentable, ajouta-t-il, l'air railleur.

— Oh…, gémit Kitty, rougissante.

Se détournant de lui, elle fourragea dans son sac à main dont elle extirpa un bâton de rouge à lèvres et un poudrier.

Ne voulant pas la mettre davantage mal à l'aise, Laurence se réfugia à l'autre bout de la caravane en prétextant :

— Je vais en profiter pour répondre à quelques e-mails.

— L'héroïne du jour ! s'exclama Laurence lorsque Kitty sortit de la caravane où elle était allée remettre ses propres vêtements après l'enregistrement de l'émission.

Elle nota qu'il faisait la grimace devant son jean déchiré et son habituel débardeur noir, mais décida de s'en moquer. Certes, elle aurait pu garder la robe de créateur qui lui avait été prêtée pour l'occasion, mais elle tenait à redevenir la Kitty Asare qu'elle était dans la vie réelle. Assez de comédie !

— Alors, mon cœur, qu'as-tu pensé de l'interview ? ajouta Laurence.

— Inutile de m'appeler comme ça quand nous sommes seuls ! protesta Kitty.

À son grand agacement, elle n'avait pas insufflé dans sa récrimination toute la désapprobation qu'elle souhaitait y mettre.

Sans donner suite à sa remarque, Laurence lui prit des mains le sac contenant le vêtement prêté.

— Je ne plaisantais pas, dit-il. Tu t'es très bien sortie de l'interview. Je reconnais que tu m'as impressionné.

Malgré elle, Kitty se sentit rosir sous le compliment. Elle avait suivi les conseils de Laurence, s'exprimant posément, ne se refusant pas à quelques confidences quand le besoin s'en faisait sentir. Contrairement à son habitude, Laurence l'avait laissée parler sans intervenir. Le journaliste qui menait l'interview lui avait donné l'impression d'être sincèrement intéressé. Au sortir du plateau, il avait informé Kitty que les offres de dons affluaient au standard de la chaîne.

Laurence jeta un coup d'œil sur son téléphone, qui n'arrêtait pas de vibrer.

— C'est incroyable ! lâcha-t-il. J'ai des messages de gens que je n'ai pas vus depuis des années. Ils veulent tous en savoir un peu plus à ton sujet.

Plaquant les mains sur ses joues en feu, Kitty observa :

— Pourtant, ils doivent être habitués à te voir avec une nouvelle petite amie.

Haussant les épaules, Laurence la dévisagea comme s'il se préparait à rétorquer quelque chose, mais il n'en fit rien.

— Je t'invite à dîner ? demanda-t-il simplement. C'est quelque chose qui se fait quand on est en couple.

— Euh…, probablement.

Le cœur de Kitty fit un curieux petit bond dans sa poitrine. Ce genre de choses étaient-elles comprises dans leur accord ? Était-elle tenue de faire des heures supplémentaires ? Surtout après ce qu'il s'était passé dans la caravane… Laurence la dévorait du regard, et elle fut submergée par une onde de chaleur torride au souvenir du contact de ses lèvres dans son cou, sur ses cuisses, sur…

— C'est parfait ! dit-il. Je vais contacter Cordelia pour qu'elle prévienne quelques paparazzis. Du coup, tu ferais mieux de remettre la robe.

Oh ! Cette *invitation* était donc bien de nature purement… professionnelle. Kitty étouffa dans l'œuf le sentiment de déception qui menaçait de l'envahir.

— Non ! répliqua-t-elle d'un air frondeur. Je me sens très bien dans cette tenue.

— Comme tu voudras.

— Un restaurant ghanéen ! s'exclama Kitty comme ils pénétraient dans la salle où régnait un puissant parfum d'épices.

Un sourire illumina le visage de Laurence. Et cette fois ses yeux souriaient aussi. Il semblait véritablement ravi de sa surprise.

— Ça te plaît ? s'enquit-il. Je n'en étais pas certain. Tu vis aux États-Unis depuis que tu es toute petite, et tu aurais pu ne pas apprécier la cuisine africaine.

Kitty contemplait le menu avec un regard émerveillé.

— J'ignorais que ce genre d'endroit existait à Manhattan, fit-elle.

Ce n'était pas la première fois qu'elle entrait dans un restaurant africain à New York, mais elle n'en avait jamais fréquenté d'aussi chic et branché. C'était, de toute évidence, un endroit confidentiel car nulle enseigne ne l'indiquait à l'extérieur. De plus, la clientèle appartenait forcément à une classe sociale habituée au fait que le menu ne porte pas la moindre indication de prix. Seulement éclairée par une kyrielle de bougies, la salle était un peu sombre. Malgré les odeurs de cuisine, il y régnait une atmosphère étonnamment romantique.

— Le patron est un vieil ami de ma mère, expliqua Laurence tandis qu'ils prenaient place.

Justement, ce dernier s'approchait de leur table pour emplir leurs verres d'un vin couleur rubis.

— *Mema wo adwo*, monsieur.

Se tournant vers Kitty qu'il gratifia d'un sourire étincelant, il ajouta :

— Je vois que vous vous êtes enfin décidé à nous amener une ravissante jeune femme.

— Ils n'en peuvent plus de me voir systématiquement accompagné par Desmond, expliqua Laurence.

L'homme émit un petit rire avant de conclure :

— Nous sommes très heureux de vous accueillir, madame. Permettez-moi de vous apporter un assortiment de nos spécialités.

Il ne tarda pas à déposer devant eux une collection de plats contenant diverses préparations délicieusement parfumées, sur lesquels Kitty se jeta avec enthousiasme.

Tout en dégustant le contenu de son assiette un peu plus posément, Laurence lui lançait des regards en coin.

— J'ai passé une excellente journée, finit-il par dire.

Levant les yeux vers lui, Kitty se sentit rougir. Dans son regard pénétrant, elle retrouvait un peu de la fièvre de l'épisode dans la caravane.

Étaient-ce les effets du vin, ou bien l'espèce de brouillard dans lequel la plongeait le souvenir de ce moment ? Toujours était-il que Kitty avait l'impression d'être dans une sorte de cocon duveteux. Pour elle aussi, l'après-midi avait été fabuleux. Une expérience digne d'un conte à la Cendrillon.

Sauf que le prince charmant l'utilisait pour servir ses propres intérêts, et qu'il l'avait amenée à l'orgasme en faisant usage de ses doigts, pratiquement dans un lieu public.

Mordillant sa lèvre inférieure, Kitty changea de position sur son siège, dans l'espoir d'éteindre le feu qu'elle sentait se rallumer entre ses cuisses.

— Kitty, comment est-ce que tu t'es débrouillée après que mes parents t'ont chassée ? demanda Laurence d'une voix tellement basse qu'elle eut du mal à entendre.

D'un seul coup, la magie s'évapora.

— C'était il y a longtemps, protesta-t-elle. Pourquoi est-ce que ça t'intéresse ?

— J'ai juste envie de savoir. S'il te plaît.

À son propre étonnement, comme si cette supplique l'y décidait, Kitty se laissa aller à raconter.

— D'abord, je me suis retrouvée en foyer. Et comme j'avais perdu ma place en école privée, j'ai dû intégrer un lycée public. Bien sûr, il m'a fallu renoncer à mes espoirs d'être admise dans une université de renom. Je me suis contentée de celle de l'État de New York.

Énoncer ces informations purement factuelles ne traduisait en rien le désespoir qui l'avait accablée tout au long de l'année suivant son renvoi de la famille Stone.

— Où as-tu vécu pendant tes années à l'université ?

Kitty était allée d'hébergements d'accueil, en asiles plus ou moins officiels. Autant d'endroits qu'elle ne se sentait pas capable d'évoquer devant cet homme d'affaires, issu d'un milieu aisé, et qui se montrait bien trop curieux à son goût.

De cette époque-là, elle avait gardé la crainte irrationnelle de voir le destin lui arracher une nouvelle fois le peu de bonheur auquel elle serait parvenue. Kitty avait beau prétendre que c'était par souci d'économie qu'elle se refusait à trouver un véritable chez-elle, la vraie raison qui l'empêchait de s'installer plus confortablement que dans sa colocation, c'était l'idée que rien ne pouvait exister de permanent dans la vie.

— Il existe des centres d'hébergement pour les gens qui n'ont nulle part où aller, répondit-elle. Ensuite, j'ai obtenu mes diplômes, et j'ai trouvé cette colocation.

Elle vit Laurence crisper les mâchoires, puis il déclara :

— Je me doute que tu as dû vivre des moments difficiles.

Quel commentaire ajouter à cela ? s'interrogea Kitty. Devait-elle raconter la faim et le froid ? Certes, elle n'avait jamais dormi dans la rue, ni assisté aux cours le ventre vide, mais il s'en était souvent fallu de peu.

— Je… je souffrais surtout d'avoir été *rejetée*, Laurence. N'importe qui aurait vécu les choses de cette manière, non ?

Le silence dans lequel tombèrent ces paroles se prolongea si longtemps que Kitty finit par risquer un coup d'œil timide en direction de Laurence. Il affichait une expression sévère, presque menaçante. En même temps, on lisait sur son visage une sorte de malaise.

— Nous ferions mieux d'y aller, dit-il. Mon chauffeur va te raccompagner.

Kitty se contenta d'un hochement de tête, gardant les yeux obstinément baissés vers son assiette tandis qu'il réglait l'addition. Trop de non-dits pesaient sur eux.

Ce fut sans opposer la moindre résistance qu'elle se laissa prendre par la main pour quitter le restaurant. De même qu'elle ne s'opposa pas à ce que Laurence se tienne tout près d'elle pour attendre la limousine sur le trottoir. Il posait sur elle un regard d'une douceur déconcertante. C'était à croire qu'il la regardait véritablement pour la première fois.

— Merci pour ce dîner, se risqua-t-elle à dire avec un petit sourire contraint. De la part d'un petit ami imaginaire, c'était assez réussi. Même si…

Laurence ne lui laissa pas le temps d'aller plus loin. Ses grandes mains se refermèrent sur ses bras, et il l'attira à lui.

Elle pensait avoir fait l'expérience de toutes les sortes de baisers qu'il était susceptible de lui donner, pourtant celui-là était de nature tout à fait différente des précédents. Laurence explorait sa bouche sans se presser, s'écartant puis revenant prendre ses lèvres comme pour lui dire quelque chose qu'il ne trouvait pas le moyen de formuler autrement.

Lorsqu'il finit par y mettre un terme, Kitty demeura interdite. Cette fois, elle n'avait pas le souffle coupé. Bien au contraire, elle avait le sentiment de n'avoir jamais aussi bien respiré de toute sa vie. L'air lui semblait étonnamment léger. D'une suavité mystérieuse.

— Pourquoi ? souffla-t-elle.

— Je ne sais pas.

Et Kitty vit la pomme d'Adam de Laurence s'affoler.

10.

Lorsque Kitty ouvrit sa porte, le lendemain, elle fut submergée par le parfum des fleurs avant même de les voir. Un énorme bouquet multicolore illuminait le palier crasseux. Une petite enveloppe de couleur crème, dans un papier luxueux, contenait un bristol sur lequel deux phrases avaient été tracées d'une main ferme :

Pardonne ma conduite déplorable, hier.
Tu as été formidable.

Pendant quelques secondes, Kitty tint la carte contre sa poitrine, avant de la laisser choir comme si elle lui brûlait les doigts. Il était hors de question qu'elle se permette d'entretenir ce genre de sentiments à l'égard de Laurence Stone.

Pour l'instant, il fallait qu'elle s'habille, et se prépare à l'événement de la soirée. Ce devait être la *pièce de résistance* de son pacte avec Laurence.

Au cours d'un dîner privé, rassemblant un petit nombre de ses plus fidèles clients, il introduirait les Mueller à ce qui était censé être le *cercle de famille.*

« Cela se passera dans la maison de Long Island, avait expliqué Laurence, une semaine auparavant. Tu y as séjourné… *autrefois.* »

Le manoir des Stone !

« En effet », avait-elle répondu, le cœur battant.

« La propriété appartenait à mon grand-père. Il me l'a léguée, à sa mort. Cela fait déjà quelques années, mais je n'y réside jamais. Je m'en sers juste pour recevoir. Néanmoins, je comprendrais que tu préfères ne pas y revenir… »

« Pourquoi est-ce que cela me gênerait ? Les Mueller sont-ils enfin décidés à signer ? »

« Ils n'en sont plus très loin. C'est pour cela que j'organise ce dîner. Ils tiennent à être traités comme des membres de la *famille*. Ne me demande pas pourquoi ! Leur trip, c'est la cuisine maison, la chaleur d'un foyer ami… Enfin, ce genre de niaiseries. »

Pour un peu, Kitty aurait éclaté de rire. S'il y avait bien deux personnes, en ce bas monde, pour lesquelles la notion de famille ne voulait rien dire, c'était Laurence et elle.

Voyant qu'elle ne disait rien, il avait enchaîné :

« Je sais ce que tu penses. Mais je te rappelle que nous leur servons une *histoire*. Cependant, si ça te met mal à l'aise… »

« Pas du tout. Je serai ravie de jouer les maîtresses de maison. »

Elle avait alors compris que Laurence était tout aussi mal à l'aise qu'elle. Sauf qu'il préférait foncer tête baissée qu'esquiver les écueils. Peut-être pour montrer qu'il avait définitivement tourné la page. Ne devrait-elle pas en faire autant ?

Il faudrait bien qu'un jour elle sorte de la coquille dans laquelle elle se protégeait. D'une certaine manière, cette soirée était peut-être le bon moment pour cela.

Dans les souvenirs de Kitty, le manoir des Stone était la parfaite représentation de tout ce qu'elle avait perdu. C'était le symbole même du fait qu'il était imprudent de trop s'attacher aux choses – aux belles choses –, car elles pouvaient vous être arrachées en un claquement de doigts.

L'édifice se dressait en marge d'un charmant hameau sur l'île de Long Island, là où la plupart des vieilles familles fortunées de New York possédaient une résidence secondaire. Dissimulée dans la verdure, la demeure en brique rouge, de style géorgien, semblait tout droit sortie d'un roman de Francis Scott Fitzgerald.

Laurence avait envoyé sa limousine chercher Kitty, et elle avait passé l'heure de trajet à vérifier que son maquillage était suffisamment soigné. Cela lui permettait d'oublier un peu sa nervosité.

Lorsqu'elle pénétra dans l'immense bâtisse, le sentiment de *déjà-vu* la suffoqua. Rien n'avait changé, ni les profonds canapés de cuir, ni les boiseries sombres cirées à la perfection, ni les tableaux et les statuettes. Pas même l'odeur de poussière.

Quand elle atteignit le bureau où l'attendait Laurence, Kitty était parvenue à prendre suffisamment sur elle pour afficher un petit sourire timide.

— J'ai l'impression de me rendre coupable d'une violation de domicile, dit-elle.

— Tu n'es pas la seule, rétorqua Laurence. Je t'offre un whisky ?

— Pourquoi pas.

Se dirigeant vers le bar, il leur versa deux verres.

— C'est bizarre, n'est-ce pas ? fit-il, l'air grave. De se retrouver ici.

Il lui tendit l'un des verres, et ingurgita le contenu du sien en une seule gorgée. Un instant, il contempla l'objet comme s'il s'étonnait qu'il soit déjà vide, puis le reposa en secouant la tête.

— Je n'aurais jamais imaginé…, commença-t-il.

— Imaginé quoi ?

Laurence s'éclaircit la voix.

— Rien, fit-il. Je vais m'habiller. Est-ce que ça va aller ?

— Comme si j'avais le choix !

Esquissant une moue désabusée, Laurence tourna les talons et quitta la pièce.

Ensuite, les choses s'enchaînèrent. Laurence reparut dans un costume en cachemire noir qui le rendait encore plus outrageusement séduisant que de coutume. Puis, les Mueller firent leur apparition, dans d'exubérantes démonstrations d'amitié, chargés d'un gâteau que Giles portait comme le ciboire du saint sacrement.

Laurence entraîna celui-ci pour faire le tour du propriétaire, tandis que Kitty suivait scrupuleusement les indications de Doris pour déballer le précieux dessert. Puis les invités arrivèrent, les uns après les autres. Kitty les accueillit, s'assura qu'u'il leur soit servi à boire, surveilla que chaque membre du personnel soit à son poste, que le couvert fût dressé avec tout le raffinement nécessaire...

Plus la soirée avançait, plus l'atmosphère devenait effectivement... *familiale.* Ce fut encore plus vrai lorsque Laurence se chargea de découper lui-même l'énorme rôti et de servir à la ronde les assiettes que lui tendait Kitty.

Tout avait été élaboré avec le plus grand soin, du décor chaleureux à la composition du menu, en passant par le numéro du maître de maison assurant le service, sous le regard de sa présumée compagne.

Sauf que tout cela n'était qu'une comédie seulement destinée à séduire un client potentiel, ne cessait de se répéter Kitty. Or, si Laurence était susceptible de déployer pareils efforts dans ce seul but, de quoi d'autre était-il capable ?

Un courant d'air la fit frissonner. Elle avait oublié combien cette maison pouvait être glaciale. Aussitôt, Laurence se leva, ôtant sa veste pour la lui poser sur les épaules. Kitty fut immédiatement submergée par des effluves d'eau de toilette qu'elle ne connaissait que trop bien.

Autour de la table, tout le monde souriait d'un air attendri.

— Adorable..., minauda Doris.

Kitty fit mine de ne pas avoir entendu. Ses sens étaient bouleversés par la proximité de Laurence, le souvenir de leurs baisers. Et elle avait le cœur gros en pensant que tout cela n'était que simulation et mensonges.

Sans réfléchir, elle prit les mains de Laurence. La position n'était pas des plus naturelles, aussi ne lui fut-il pas possible de la maintenir bien longtemps. Malgré tout, Kitty tenait à ce que Laurence lui accorde – ne serait-ce qu'un bref instant – un regard sincère.

Qu'il fasse quelque chose de spontané. Naturel.

— Merci, Laurence, dit-elle en lui souriant.

Il ne répondit rien. Autour d'eux, les bavardages des invités semblèrent ineptes à Kitty. Elle sentait monter une migraine dont elle savait qu'elle n'était pas seulement causée par la fatigue. Les souvenirs l'assaillaient. Pourquoi ce fichu dîner se prolongeait-il aussi interminablement ?

Maintenant le dessert circulait à la ronde, les convives se récriant qu'ils ne pouvaient plus avaler « une seule bouchée ».

Le nez dans son assiette, Kitty sursauta lorsqu'elle sentit Laurence lui faire du pied. Se tournant vers lui, elle vit qu'il formait en silence les mots : « Dis quelque chose. »

Une bouffée de colère la submergea. Comment avait-elle pu se figurer que cette incursion dans son passé ne l'ébranlerait pas ?

Rien ne comptait aux yeux de Laurence que la victoire à laquelle il aspirait. Kitty prenait conscience qu'il ne tenait pas plus compte de ce qu'elle ressentait que ne l'avaient fait ses parents. Et qu'il en serait toujours ainsi avec lui.

— Vous ne vous sentez pas bien, ma chère ? s'enquit Doris d'une voix sucrée.

Sans trop savoir comment, Kitty parvint à formuler une réponse.

— Ça va, dit-elle. C'est juste que... Comme vous le savez, j'ai été ce que l'on appelle une *enfant placée*. Or, il se trouve que l'une de mes familles d'accueil possédait une maison dans les environs.

Elle vit Laurence blêmir. *Bien fait pour lui !* songea Kitty. Il lui avait intimé de dire quelque chose, non ?

— Vraiment ? questionna Doris.

— Oui. C'est ce qui m'a donné l'idée de créer ma fondation. Je me suis dit que nombre de personnes fortunées avaient les moyens d'aider des jeunes qui n'ont rien.

Elle s'interrompit pour jeter un coup d'œil à Laurence. Malgré son expression fermée, elle le sentait bouillir de colère.

— Même ceux qui réussissent ont profité d'un coup de pouce qui les a mis sur les rails, reprit-elle. Pour certains, cela a été l'argent de leurs parents, ou le fait d'avoir les bonnes relations, de recevoir une solide éducation… Je tiens à ce que les jeunes que je parraine profitent des mêmes opportunités que ces privilégiés.

Les Mueller approuvaient avec des hochements de tête appuyés. Il en était de même pour tous les convives. Sauf pour Laurence, qui demeurait impassible.

— Kitty a réalisé des prodiges, fit-il d'une voix atone.

La conversation continua à rouler sur le sujet pendant que l'on servait le café. Au bout d'une heure, avec force remerciements, les Mueller décidèrent qu'il était temps pour eux de regagner New York. Le reste de l'assemblée s'engouffra dans la brèche. Giles promit à Laurence de se rendre à ses bureaux dès le lendemain pour signer le contrat. Puis Doris et lui se retirèrent dans un tourbillon.

Plantés sur le perron, Laurence et Kitty firent au revoir de la main aux voitures des invités jusqu'à ce que leurs feux arrière disparaissent à l'horizon.

Alors, sans même un regard, Laurence regagna le hall, laissant Kitty interdite. Bouche bée, elle le suivit, refermant la lourde porte derrière elle. Hormis les bruits provenant de la cuisine, il régnait dans la demeure un silence pesant.

— Laurence ! lança Kitty.

Il tourna vers elle un visage de marbre.

— Mon chauffeur ne va pas tarder, dit-il. D'ailleurs, il devrait être déjà là. Je ne sais pas pourquoi je garde ce type !

— Mais, Laurence, tu ne veux pas parler de…

Le regard furibond qu'il lui lança cloua Kitty sur place. La veste, restée sur ses épaules, glissa au sol, mais elle était tellement sidérée qu'il ne lui vint même pas à l'idée de la ramasser. Les yeux de Laurence lançaient des éclairs.

— Je peux savoir ce qui m'a valu cette pique au sujet du fait que j'aurais fait partie des *privilégiés*, comme tu dis ?

Kitty était sidérée.

— De quoi parles-tu ? fit-elle.

— Ne nie pas que tes remarques m'étaient destinées ! Sauf que tu ne sais rien de moi, Katherine Asare. J'ai travaillé très dur pour arriver à ce que je suis aujourd'hui. Tout ce que j'ai construit, c'est à la force du poignet. Je n'ai jamais accepté le moindre argent de *leur* part.

Malgré elle, Kitty partit d'un grand rire. Les affirmations de Laurence lui semblaient du dernier ridicule.

— Tu oublies que tu as fréquenté les écoles privées les plus huppées, s'insurgea-t-elle. Et que tes origines suffiraient à convaincre n'importe quelle banque de te prêter de l'argent si nécessaire. Ta vie n'a rien à voir avec celle du commun des mortels, Laurence !

Lorsqu'il s'approcha, l'air furibond, Kitty prit peur. Non qu'il se montre violent, ce dont elle le savait incapable. Mais sa proximité la pétrifiait. Elle n'osait pas le toucher, car la chaleur émanant de ce grand corps suggérait trop de choses interdites. Comme celles qui s'étaient déroulées quelques jours auparavant, dans la caravane.

— Laurence…, commença-t-elle.

— J'en ai assez entendu, la coupa-t-il, avant de tourner les talons.

Frissonnante, Kitty le suivit des yeux tandis qu'il s'éloignait vers l'autre extrémité du hall. Elle ramassa la veste sur le sol, et lui emboîta le pas.

— Laurence ! appela-t-elle.

Il s'arrêta sans pour autant faire volte-face.

— Je suis désolée, fit-elle lorsqu'elle l'eut rejoint. J'ai été injuste. Tu n'es pas responsable de ce que tu es, ni de ce que la vie t'a donné.

Sans même la regarder, Laurence lâcha dans un souffle :

— Et toi, Kitty, tu n'étais en rien responsable de ce qu'il s'est passé autrefois.

— Que veux-tu dire ?

Tout à coup, Kitty avait l'impression de se tenir au bord d'un précipice. Allait-elle apprendre une vérité qui ferait voler en éclats tout ce qu'elle avait présumé jusqu'à ce jour ?

— Est-ce que tu sais… pourquoi ils m'ont jetée dehors ?

Durant une fraction de seconde, une expression de désespoir absolu déforma les traits de son compagnon. Le véritable Laurence Stone s'était révélé à elle.

— Laurence ? murmura-t-elle.

Elle posa les mains sur ses avant-bras. Les muscles en étaient aussi tendus que des ressorts.

D'un geste brusque, Laurence se dégagea de ce qu'il percevait comme une pression intolérable.

Fort heureusement, Kitty n'ajouta pas un mot de plus. Il ne l'aurait pas supporté. Tournant les talons, il regagna le bureau d'un pas aussi maîtrisé que possible.

Il alla chercher le flacon de whisky et en versa deux verres. Comme il s'en doutait, Kitty l'avait suivi. Il lui en tendit un.

— Non, je n'en veux pas, fit-elle d'une voix qui tremblait un peu. Et tu ferais mieux de t'en dispenser toi aussi. Ce n'est pas une solution de te précipiter vers le bar chaque fois que tu entends quelque chose qui te déplaît.

Haussant les épaules, Laurence ingurgita d'un seul trait le contenu de son verre.

Il n'aurait jamais dû se convaincre que le passé était enterré ! Pourquoi, diable, s'était-il figuré être suffisamment insensible pour bannir toute émotion de son cœur et de son esprit ? Dire qu'il avait imaginé qu'il suffirait de se concentrer sur les bénéfices que Kitty et lui-même tireraient de cette histoire ! Le pire n'était-il pas d'avoir espéré qu'aider Kitty Asare à réussir dans la vie compenserait ce qu'elle avait enduré à cause de lui ?

— Tout cela n'a jamais été qu'une regrettable erreur, finit-il par lâcher.

— Laurence ! Regarde-moi ! intima Kitty, nerveuse.

Il obtempéra, s'obligeant à affronter cette culpabilité qui n'avait cessé de le ronger tout au long de la soirée.

— Vas-tu enfin me dire ce qui te tracasse ? martela-t-elle.

— Non ! Il n'y a rien à dire.

Une seule idée tenaillait Laurence : quitter cette pièce au plus vite ! Repousser ses émotions dans les recoins obscurs dont elles n'auraient jamais dû sortir !

— C'est *toi* qui m'as ramenée dans cette maison, Laurence, dit-elle d'une voix qui se brisa douloureusement. *Pourquoi ?*

Au tréfonds de l'âme de Laurence, quelque chose se déchira tout aussi douloureusement.

— Kitty…, murmura-t-il.

Les larmes coulaient maintenant librement sur le visage levé vers lui. Il fit un pas vers Kitty, mais elle secoua la tête.

— Tu veux savoir comment ça s'est passé pour moi, le jour où j'ai été chassée de chez vous ? demanda-t-elle. Mon éducatrice est venue me chercher, et m'a annoncé qu'on ne voulait plus de moi dans la famille Stone. On ne m'a même pas permis d'aller chercher mes affaires. Elle m'a informée que j'étais « réaffectée », comme si je travaillais pour une agence d'intérim !

C'était la première fois que Laurence percevait pareille amertume dans la voix de Kitty.

— J'avais dix-sept ans, et pas la moindre idée de ce qu'on me reprochait. Il fallait que ce soit quelque chose d'épouvantable pour que ton père… Je n'ai jamais su…

— Tu n'avais rien fait de mal, l'interrompit Laurence d'une voix sourde. Ce n'était pas *toi*, la fautive.

Il avait l'impression que sa langue pesait une tonne. La belle et digne jeune femme qu'était Kitty n'avait-elle pas été victime des mêmes monstres que lui-même ?

Sauf qu'à l'inverse de lui, elle avait su mettre cette tragique expérience à profit. Elle en était devenue meilleure !

— Ne pleure pas, ajouta-t-il d'une voix rauque. Ceux qui t'ont fait subir ça n'en valent pas la peine.

— Peut-être…, murmura Kitty.

Essuyant furtivement ses joues, elle lui lança un regard en coin et passa une langue rose sur ses lèvres humides. Laurence n'ignorait pas combien elles étaient chaudes et charnues.

Il sentit monter en lui une bouffée d'émotion qui n'avait rien de sexuel. Plutôt une tendresse qui lui fit presque peur. Dans sa poitrine, un nœud s'était formé. Il mourait d'envie de serrer Kitty contre lui. Ce qu'elle semblait désirer tout aussi ardemment, à en croire sa respiration haletante.

— Tout ceci n'a pas de sens, dit-il avec la plus totale sincérité.

— Je sais.

Cette fois, Laurence n'hésita plus à combler le peu de distance qui les séparait. Lorsqu'elle posa ses doigts fins sur son torse, il ne recula pas, quand bien même il l'aurait dû.

— S'il te plaît, murmura-t-elle, emmène-moi dans ta chambre.

Elle avait formulé cette supplique d'une voix brisée, comme vaincue. Alors, Laurence n'y tint plus.

Refermant les mains sur les fesses délicieusement fermes, il attira Kitty tout contre lui.

— Pourquoi ne pas oublier le passé ? questionna-t-elle. Au moins pour ce soir. Et peut-être si nous finissons par...

Ses paroles moururent sur ses lèvres, mais Laurence aurait pu terminer la phrase. Oui, peut-être, s'ils finissaient par donner libre cours à toute cette tension accumulée entre eux depuis des semaines – s'ils s'autorisaient à faire l'amour –, alors parviendraient-ils à passer à autre chose...

À ce moment-là, chacun reprendrait son chemin sans regrets ni arrière-pensées.

Malgré tout, Laurence sentit ses mâchoires se crisper. Il prit une profonde inspiration, puis se décida à parler.

— On ne peut *pas* effacer le passé, dit-il. Il faut que tu saches la vérité. C'est à cause de *moi* qu'ils t'ont jetée dehors.

11.

Lorsque sa fuite éperdue mena Kitty au-delà du cercle de lumière entourant le manoir des Stone, elle eut l'impression de plonger dans une obscurité tellement dense qu'elle en suffoqua presque. Sa vie de citadine ne l'avait pas préparée à pareilles ténèbres, aussi ne put-elle retenir un cri d'effroi. Confuse, elle plaqua une main sur sa bouche. Le seul bruit qu'elle percevait était celui du sang battant à ses tympans.

Ce qu'elle vivait ressemblait à un affreux cauchemar, traînant en remorque un tas de souvenirs cruels.

Les premières nuits après son renvoi de chez les Stone lui revenaient à l'esprit avec une netteté saisissante. Elle avait été ballottée d'hébergements provisoires en famille d'accueil de remplacement, jusqu'à ce que son éducatrice trouve une solution plus pérenne. Pendant au moins une année, Kitty s'était endormie en pleurant. Et tout cela, parce que…

Un nouveau cri lui échappa lorsqu'elle se sentit agrippée à l'épaule. À l'instant même où le hurlement monta de sa gorge, elle savait qu'il ne pouvait s'agir que de Laurence. Aussi fit-elle volte-face en lançant les poings à l'aveuglette.

— Fiche-moi la paix ! s'écria-t-elle.

— Allons, Kitty ! Où crois-tu aller ?

Il n'y avait pas la moindre trace de sarcasme dans la voix sourde de Laurence. Plutôt une réelle inquiétude.

— N'importe où, pourvu que ce soit loin de toi !

— Mais, Kitty, nous sommes à plusieurs kilomètres de la première maison habitée. Laisse-moi au moins te ramener chez toi.

— Je n'ai pas besoin de toi !

À son grand désarroi, elle sentit des larmes brûlantes ruisseler sur ses joues. Pourquoi fallait-il qu'elle se mette dans un état pareil ? Tout ce qu'elle avait à faire, c'était à refermer la porte sur son passé. Pour cela, elle devait s'éloigner de cet homme !

— Tu trembles, fit-il sur un ton attendri.

C'en était plus que Kitty ne pouvait supporter. Elle farfouilla dans son sac à main, à la recherche de son téléphone. Lorsqu'elle en actionna la lampe, ils furent tous deux baignés d'une lumière crue qui la fit ciller.

— Et voilà que tu pleures *encore* !

Laurence avait dit cela sur un ton presque accusateur.

— Tu as *bousillé* ma vie, Laurence ! Et tu as le culot de…

Levant une main impérieuse, Laurence la fit taire.

— J'étais sur le point de te faire l'amour contre le mur, Kitty, lâcha-t-il d'une voix éraillée. Comment aurais-je pu en arriver là sans te révéler la vérité ?

Se détournant, Kitty serra les poings et les paupières. Elle aurait voulu que cela suffise à faire disparaître Laurence. Hélas ! Elle continuait à entendre sa respiration à ses côtés.

— Fiche le camp ! lança-t-elle.

Il grommela quelque chose qui ressemblait à un juron.

— Pas question que je te laisse seule ici !

— Si je suis là, c'est bien à cause de toi, non ?

Kitty s'en voulut de n'avoir pas répliqué d'une voix plus ferme. Dans le lourd silence qui suivit, l'on n'entendit plus que leurs respirations – la sienne, oppressée ; celle de Laurence, profonde. Lorsqu'il parla, ce fut d'une voix sourde :

— Tu ne connais pas toute l'histoire, Kitty. Ce que j'ai fait, c'était pour ton bien. Crois-moi ! Tu t'en es certainement mieux sortie que si tu étais restée chez…

— Oh ! je t'en prie, arrête de me sortir tes jérémiades de « pauvre petit garçon riche » ! s'indigna Kitty. Le problème, ce n'est pas *l'argent,* imbécile ! Ce dont j'avais besoin, c'était d'avoir des *parents* ! Même si ça ne devait pas durer très longtemps. Des parents qui s'occuperaient de moi comme personne ne l'avait fait depuis des années.

— Kitty…

— Tu n'étais qu'un sale petit égoïste. Avec tes *mensonges*, tu m'as fait perdre ce que…

La voix de Kitty se brisa, et elle plaqua une main sur sa bouche. Tout ce qu'elle percevait de Laurence, c'était une forme indistincte. Tant mieux ! Au moins, il ne devait pas la distinguer plus nettement. Elle préférait qu'il ne réalise pas à quel point elle était anéantie. Car, en cet instant, elle était redevenue la pauvre petite orpheline, à la porte de la grande maison dont on l'avait chassée, suppliant que quelqu'un – *n'importe qui* – accepte de lui prodiguer un peu d'amour.

Comme elle haïssait Laurence de lui faire revivre ça !

Elle ne se rendit même pas compte qu'il s'approchait, jusqu'au moment où elle le sentit enserrer ses épaules.

— Ne me touche pas, protesta-t-elle faiblement.

Ne tenant aucun compte de cette objection, il garda les bras autour d'elle, juste comme s'il voulait qu'elle se sente en sécurité. Et c'était exactement ce que Kitty éprouvait. Laurence semblait savoir parfaitement comment elle aimait être enlacée. En prendre conscience fit redoubler ses pleurs.

Comment était-il possible qu'elle se laisse réconforter par ce… ce… ?

— Je comprends que tu me détestes, lui souffla-t-il à l'oreille. C'est tout ce que je mérite.

Sa voix était étonnamment voilée. Assourdie, presque hésitante, elle avait perdu la causticité sardonique, la supériorité qui étaient celles de Laurence habituellement. Bref, elle ne lui ressemblait plus.

Laissant ses mains glisser le long des bras de Kitty, il vint prendre les siennes.

— Écoute-moi, fit-il. C'est avec des intentions très particulières que mon père avait choisi de t'accueillir chez eux.

— Je sais. Pour servir ses ambitions politiques.

— Pas seulement, mon ange. Il était à la tête de trois

organisations caritatives bidon. L'une censée ramasser des fonds pour la recherche médicale, une autre pour promouvoir l'éducation, et la troisième prétendait s'occuper de…

— De placement d'enfants en familles d'accueil, j'imagine.

Le cœur serré comme dans un étau, Kitty avait avancé cela d'une voix blanche. Laurence opina du chef.

— Les archives que je prévoyais de divulguer en apportaient la preuve. À ce jour, je n'ai pas encore compris comment il a réussi à étouffer l'affaire.

Le sang battait aux tempes de Kitty. Elle peinait à saisir où Laurence voulait en venir.

— En quoi est-ce que me faire renvoyer de chez tes parents était susceptible de me *protéger* ? demanda-t-elle.

Le silence faisant suite à sa question se prolongea si longtemps qu'elle s'écarta de Laurence pour scruter son expression. Même dans l'ombre, elle n'eut aucun mal à déceler à quel point il était tourmenté.

— J'aurais dû te convaincre de partir de ton plein gré. Sauf que je craignais que tu ne me croies pas. Or, je savais qu'il allait donner ton nom à cette troisième organisation caritative. Tu aurais fait la une de toute la presse. Le scandale t'aurait éclaboussée.

Le souvenir de la soirée de nouvel an au cours de laquelle Laurence l'avait prise sous son aile revint à la mémoire de Kitty. Était-ce à ce moment-là qu'il avait formé le projet de la mettre à l'abri ?

Voyant qu'elle avait cessé de trembler, Laurence lâcha ses mains et fit mine de reprendre le chemin de la maison. Kitty demeura immobile. Elle se sentait davantage en sécurité à l'extérieur. Surtout, elle avait envie qu'il recommence à l'enlacer pour la préserver du froid qui commençait à tomber. Sa fureur s'était dissipée, laissant place à une profonde tristesse.

— Pourquoi as-tu voulu me protéger ? s'enquit-elle.

Laurence exhala un long soupir.

— À cause de cette soirée de nouvel an, je suppose.

— Tu t'en souviens ?

— Je n'en ai pas oublié une minute. Tu avais l'air tellement mal à l'aise, au milieu de tous ces gens. Je me suis dit que tu ne supporterais pas ce qui allait se passer. Voir ton nom associé à quelqu'un comme mon père risquait de te détruire à jamais.

Il se souvenait ! Une douce chaleur se répandit dans la poitrine de Kitty à cet aveu.

— Kitty ?

Au lieu de répondre, Kitty combla la distance qui la séparait de Laurence. Posant une paume sur son torse, elle chercha l'endroit où battait son cœur.

— Pourquoi ne m'as-tu pas raconté cela plus tôt ? demanda-t-elle.

— Je redoutais que tu ne te retires du marché que nous avions conclu.

Entendre Laurence évoquer leur marché ramenait Kitty à une douloureuse réalité, et pourtant elle ne bougea pas d'un iota.

D'accord, Laurence Stone ferait toujours passer ses intérêts avant quoi que ce soit d'autre. Cela ne changeait rien au fait qu'elle le désirait éperdument. Plus que jamais, peut-être.

— J'ai toujours envie de toi, avoua-t-elle, la gorge serrée. Comment est-ce possible ?

— Je n'en sais rien.

Comme s'il avait lu dans ses pensées, Laurence se mit à promener ses lèvres à l'aveuglette sur son visage. Puis dans son cou, les soudant à cet endroit tellement sensible que cela la fit frissonner instantanément. Enfin, au grand soulagement de Kitty, il captura sa bouche.

Elle agrippa la veste en cachemire, triturant les revers entre ses doigts, donnant libre cours à sa frustration par de petits gémissements qui mouraient sur les lèvres chaudes emprisonnant les siennes. Elle voulait que Laurence l'embrasse avec plus de fièvre, plus de sauvagerie. Dans l'urgence. Mais il prenait tout son temps, avec la douceur familière d'un amant qui sait avoir toute la nuit devant lui.

C'était avec la même nonchalance que les grandes mains se promenaient sur ses hanches, sa taille, ou venaient se nouer à ses cheveux. Kitty tendait son buste, l'offrant à ses caresses. Enfin, Laurence referma une large paume sur son sein droit et, à travers l'étoffe du corsage et du soutien-gorge, n'eut aucun mal à localiser le mamelon dressé, hypersensible, qu'il effleura paresseusement.

Kitty se délectait de ces doux frôlements, quand il la surprit en pinçant le téton entre pouce et index, lui arrachant un petit gémissement d'extase.

— On ne va pas faire ça ici, quand même, lâcha Laurence, retrouvant un peu de son habituelle brusquerie.

Il avait raison, songea Kitty. En soi, ce qui se passait entre eux relevait déjà de la folie pure et simple. Mieux valait ne pas rendre la situation encore plus déraisonnable en se laissant aller à cet égarement dans un lieu où leur passé rôdait comme un esprit malveillant.

Elle opina du chef.

— Laisse-moi te ramener chez moi, conclut-il.

Sans prononcer un mot, Kitty tendit une main hésitante.

Dans son esprit, le conflit continuait à faire rage. Cependant, le désir pulsant dans ses veines eut tôt fait de balayer ses dernières pensées cohérentes. Et puis, ne pouvait-elle espérer qu'une fois éteint cet incendie elle retrouverait sa lucidité ? Alors, elle chasserait Laurence Stone de sa vie. Car il n'y avait pas sa place.

— C'est d'accord, finit-elle par lâcher.

Dans la limousine qui les ramenait vers New York, ce ne furent que baisers passionnés et étreintes fougueuses, pimentées par la frustration de ne pouvoir se servir de leurs mains exactement comme ils le voulaient, *là où ils le voulaient.*

Laurence semblait résolu à la torturer délicieusement. Lorsque la voiture s'arrêta, il s'arracha à son étreinte avec difficulté.

— Espèce de diablesse, grommela-t-il, avant de s'extirper du véhicule pour aller lui ouvrir la portière en devançant son chauffeur.

Ignorant la main qu'il lui tendait, Kitty promena autour d'elle un regard stupéfait.

— Mais, nous sommes..., fit-elle.

— Oui, au port, répondit Laurence.

Kitty rentra les jambes dans la voiture en grommelant :

— Pas question que je descende là ! Tu avais dit que nous allions chez toi, non ?

Laurence éclata de rire.

— J'habite sur un bateau, répondit-il entre deux hoquets. Qu'est-ce que tu croyais ? Que j'avais l'intention de te jeter dans l'Hudson ? Allez, viens, Kitty.

— Tu..., tu vis sur *un bateau* ?

Les yeux écarquillés, Kitty avait peine à y croire.

— Oui. Sauf quand le temps est trop mauvais. C'est pour cela que j'ai une suite au Park Hotel.

Une fois qu'elle fut sortie de la limousine, Laurence entoura Kitty d'un bras protecteur pour l'entraîner vers un embarcadère. Un canot à moteur les y attendait.

— Mon yacht est ancré un peu plus loin, expliqua Laurence en la prenant dans ses bras pour la déposer dans la petite embarcation avant d'y sauter prestement à son tour.

— C'est une veine que je n'aie pas le mal de mer, murmura Kitty tandis qu'il l'enveloppait d'une couverture et l'attirait contre lui.

Pour toute réponse, Laurence prit tendrement ses lèvres, alimentant encore davantage le désir qui la ravageait.

Le trajet sur ce canot piloté par un marin taciturne ne fit qu'ajouter un caractère quasi surnaturel à l'aventure. C'était comme s'ils s'étaient transportés dans une autre dimension, où une seule chose comptait : qu'ils se retrouvent enfin *seuls*.

Cependant, il s'en fallut encore de quelques épisodes avant que cela ne soit possible. Kitty dut patienter pendant qu'elle était présentée au personnel de l'énorme yacht, et écouter Laurence et le majordome faire le point du repas et des chambres qui avaient été préparés pour eux, ainsi qu'un certain nombre d'autres détails qui la menèrent au bord de l'exaspération.

Lorsque, enfin, Laurence fut tout à elle, Kitty prit conscience qu'elle avait presque mordu sa lèvre inférieure jusqu'au sang.

— Allons-y, dit-il en l'entraînant vers un ascenseur qui les emporta dans les profondeurs du bateau.

Lorsque les portes ornées de dorures se refermèrent, Kitty était en proie à un violent désir. Elle ferma les yeux.

Tout à coup, elle sentit Laurence l'enlacer par-derrière, et eut l'impression que ses mains se promenaient partout à la fois sur son corps : sur ses fesses, ses flancs, ses seins… Puis il en glissa une plus bas, et lui écarta les jambes avec autorité.

L'orgasme déferla en elle avec une telle soudaineté que Kitty n'eut pas le temps d'émettre le moindre cri. C'était comme si les longs doigts s'introduisant entre ses plis intimes avaient libéré toute la tension des heures précédentes, la terrassant subitement. Pantelante, elle se laissa aller contre le torse de Laurence, percevant l'évidence de son désir car son long sexe en érection était plaqué contre ses fesses. Avant même qu'elle n'ait le temps de reprendre ses esprits, il lui avait fait faire volte-face et s'emparait de sa bouche farouchement.

— Prends-moi, gémit-elle. Maintenant…

Lorsqu'il fit mine de quitter la cabine d'ascenseur, Kitty secoua la tête et recula tout au fond, s'adossant à la paroi.

— *Ici !* intima-t-elle d'un ton ferme.

Kitty tenait à ce que les choses se passent ainsi, dans cet ascenseur. Comme une garantie que ce qu'il adviendrait entre eux resterait sans conséquence. Que ce serait dénué de toute la tendresse qui risquerait d'enchaîner son cœur.

Elle entendit Laurence déchirer le petit sachet contenant un préservatif, et se cambra lorsqu'il la souleva du sol. Ensuite, il la hissa contre la paroi, écarta la fragile barrière de sa culotte de dentelle, et *enfin* la pénétra.

— Kitty…, grommela-t-il.

Pour toute réponse, elle planta les ongles dans les muscles du dos de Laurence, avec autant de force qu'elle en était capable.

Avant lui, Kitty n'avait eu qu'un seul amant. Un camarade d'études, gentil mais insipide, qui ne lui avait laissé que des souvenirs bien tièdes. Jamais elle n'avait éprouvé un désir aussi violent que celui que lui inspirait l'homme qui la tenait dans ses bras, en cet instant. Loin de là !

Elle enroula une jambe autour de Laurence pour l'attirer plus profondément en elle. Alors, contre toute attente, contre toute logique, elle sentit de nouveau monter l'orgasme et s'y abandonna.

Ensemble, ils s'affaissèrent contre la cloison. La robe de Kitty était chiffonnée autour de sa taille. La braguette de Laurence était ouverte, mais il était resté habillé.

Pendant un long moment, ils demeurèrent soudés l'un à l'autre.

— Cela n'aurait pas dû se passer ainsi, finit par murmurer Laurence. Pas pour une première fois. Pas *ce soir*, Kitty…

N'aurait-elle su à quel genre d'homme elle avait affaire, Kitty se serait demandé si c'était de l'émotion qu'elle percevait dans sa voix.

— Je voulais que ce soit comme ça, murmura-t-elle, laissant ses mains glisser le long du dos musclé.

Elle le sentit se raidir, puis il la relâcha et s'écarta.

— Excuse-moi, fit-il d'une voix rauque. J'ai besoin d'être seul.

Refermant son pantalon, il sortit de la cabine, laissant Kitty complètement désemparée.

Laurence fit seulement quelques pas avant de s'arrêter. Il avait besoin de respirer. S'efforçant de retrouver son calme, il songea qu'il ne l'aurait pas volé s'il se retrouvait en proie à une crise de panique.

L'adrénaline courait toujours dans ses veines, le faisant trembler. Il n'était pas encore redescendu des hauteurs où l'avait propulsé le fait de prendre Kitty Asare aussi brutalement.

La douleur sourde qui continuait à oppresser sa poitrine disait assez que l'orgasme n'avait pas suffi à assouvir son désir. En plus de cela, un sentiment de culpabilité pesait sur sa conscience, lui nouait l'estomac.

Pourquoi avait-il commis l'erreur de la toucher ? Si seulement…

— Laurence ?

Kitty était derrière lui, et Laurence fit volte-face. Prononcer le moindre mot était au-dessus de ses forces. Aussi se contenta-t-il de la dévisager fixement.

Il nota qu'elle était pieds nus, tenant ses chaussures à la main.

— Est-ce que tu te sens bien ? demanda-t-elle.

Chaque fois que Kitty s'adressait à lui avec cette bienveillance inquiète, Laurence sentait se fissurer davantage le rempart qu'il avait construit autour de lui. C'était comme s'il émanait d'elle une lumière qui s'infiltrait par ces interstices et allait éclairer les parties les plus reculées de son être. Celles qu'il ne révélait jamais à personne.

— Je n'aurais pas dû…, murmura-t-il.

Déposant ses chaussures au sol, Kitty vint nouer les bras autour de son cou.

— Tu vas finir par te rendre fou à te poser toutes ces questions, dit-elle. Tu n'as rien de commun avec tes parents. Tu es Laurence Stone. Et je suis là parce que je voulais être avec *toi.*

Bon sang ! Avait-elle conscience de lui retourner le couteau dans la plaie ?

— Alors, c'est toi qui es folle ! s'exclama-t-il.

— Avant toi, je n'avais couché qu'avec un seul homme, Laurence, répliqua Kitty. Si je t'ai suivi jusqu'ici, c'est parce que je te voulais, *toi.*

Laurence n'avait aucun doute sur le fait que l'expérience amoureuse de Kitty était des plus limitées. Tout son comportement en apportait la preuve. Cela ne faisait que le conforter dans l'idée qu'il lui fallait mettre un point final immédiat à toute cette histoire. Il devait la ramener au port sans plus attendre.

— Nous discuterons demain, dit-il.

— Demain, nous n'aurons pas le temps. Nous avons du travail.

Kitty se laissa aller contre lui, et Laurence ne put résister à l'envie de prendre ses lèvres. L'embrasser était une drogue.

— C'est *toi* qui as du travail, dit-il lorsqu'il releva la tête. Et ton travail, c'est de remplir ta part du contrat en me permettant de t'aider. Ce que je peux faire de n'importe où. Y compris depuis ce bateau. Reste avec moi, je t'en prie.

Laurence passa les mains dans le dos de Kitty pour trouver la fermeture à glissière de sa robe. Elle ne protesta pas lorsqu'il se mit à la faire descendre, ni lorsqu'il écarta l'étoffe de sur ses épaules, exposant sa peau de satin.

— Seigneur ! lâcha-t-il en dégageant sa poitrine. Tu m'avais caché cela !

Dans leur carcan de dentelle et de soie, ses seins ronds étaient hauts et fermes. Laurence n'eut aucun mal à défaire l'agrafe du soutien-gorge. Un gémissement étouffé monta de ses lèvres lorsqu'il recueillit ces merveilles dans ses paumes.

— Je ne te les ai jamais cachés, répliqua malicieusement Kitty, sans faire le moindre mouvement pour retenir sa robe qui s'étala autour d'elle sur le sol.

Laurence était perdu dans un océan de sensations divines, dans le désir qui le consumait depuis la première fois où il avait posé les yeux sur Kitty, dans cette salle de restaurant du Park Hotel. Il glissa les doigts dans la masse des boucles brunes, puis déposa une pluie de baisers le long de la mince colonne du cou à la peau fine.

À sa grande surprise, il était déjà prêt à la posséder de nouveau, tout son corps pulsant de désir. Presque nue devant lui, Kitty était l'incarnation même de la féminité, en dépit de sa minceur délicate. Quant à la façon dont elle s'abandonnait à ses caresses, cela ne faisait qu'enflammer davantage les sens de Laurence. Dans son incroyable innocence, elle manifestait un savoir-faire étonnant.

— Laisse-moi te faire l'amour comme il faut, murmura-t-il. *S'il te plaît.*

Était-ce de l'entendre implorer qui emporta l'adhésion de Kitty ? s'interrogea Laurence. Toujours était-il que, levant vers lui un regard encore plein de doutes, elle acquiesça en opinant du chef.

— Alors, suis-moi dans ma chambre, conclut-il. Et, cette fois, pas de précipitation.

Une fois qu'ils eurent gagné sa suite, Laurence s'accorda le temps de caresser la joue de Kitty du dos de la main. C'était plus fort que lui. Il ne résistait pas à l'envie de toucher cette peau tellement lisse, tellement attirante.

Ce soir, il allait être égoïste. Suffisamment, en tout cas, pour donner libre cours au désir effréné qui pulsait au creux de son ventre. Il s'y livrerait sans réserve, sans penser aux conséquences. Cela attendrait le lendemain.

Il promena ses mains avides sur les flancs de Kitty, sur son postérieur ferme, lui arrachant de petits gémissements qu'elle lâchait contre ses lèvres, entre les baisers.

Enlacés, ils franchirent le seuil de la suite, puis titubèrent de l'entrée à la chambre. Kitty frissonnait malgré la douce chaleur qui y régnait.

Une fois qu'il eut refermé la porte, Laurence exigea :

— Aide-moi à ôter ma chemise.

Les deux premiers boutons furent défaits par des doigts malhabiles, trop pressés. Lorsque son cou fut exposé, Laurence sentit Kitty y souder les lèvres, avec une extrême délicatesse, longuement. Puis la bouche charnue traça timidement un sillon sur sa peau au fur à mesure qu'elle en dévoilait davantage.

Il y avait dans ce contact une forme d'intimité que Laurence ne pouvait ignorer, et quelque chose en lui était profondément ému par l'application dont Kitty faisait preuve. Il était clair qu'il ne s'agissait pas d'une technique destinée à l'exciter. Il y avait en elle une tendresse naturelle.

Cependant, lorsqu'elle eut dégrafé les derniers boutons, et qu'elle glissa une main hésitante sur les méplats de son abdomen, cherchant à descendre plus bas, Laurence l'agrippa aux poignets.

— Tu ne veux *jamais* que je te caresse, protesta-t-elle sur un ton légèrement accusateur.

— Je reconnais que j'ai du mal à me laisser faire, admit-il. Viens !

Entourant d'un bras la taille souple de Kitty, il la serra contre lui pour faire avec elle les quelques pas jusqu'à son lit.

Laurence avait l'intention de faire durer les choses, de mettre la patience de Kitty à l'épreuve… Il la voulait frénétique, survoltée.

D'une main ferme sur sa hanche, il la clouait au matelas, faisant usage de son autre main pour la titiller, tout en la dévorant des yeux. Inlassablement, impitoyablement, ses longs doigts excitaient le bourgeon gorgé de désir caché entre ses plis intimes.

Lorsque Kitty se mordit la lèvre, écartant les jambes encore davantage, en une supplique muette, Laurence se décida à glisser un doigt, puis deux, puis trois dans le cœur brûlant de sa féminité.

Il sentit les muscles internes de Kitty se resserrer étroitement autour de ses doigts pour le retenir en elle, et cela faillit avoir raison de son sang-froid. Laurence aimait la sentir vibrer. Car elle tremblait d'un désir fou pour lui, et pour personne d'autre.

Au moment où il sut qu'elle était près de basculer dans le précipice, il retira lentement ses doigts, sans tenir compte du gémissement de protestation qui montait de ses lèvres.

Le slip de dentelle qu'il s'était contenté d'écarter pour la caresser était trempé. Laurence tirailla l'étoffe pour en frotter l'endroit hypersensible qu'il venait d'abandonner. Dans un murmure rauque, il souffla à l'oreille de Kitty qu'il la débarrasserait de l'encombrante lingerie à condition qu'elle le lui demande.

— Je… je veux que…

Elle ne parvint pas à en dire plus, mordant plutôt sa lèvre.

Laurence se fit la réflexion qu'il adorait voir l'adorable visage crispé par l'effort. Il fut déconcerté en comprenant qu'il y avait autant de choses qu'il aimait en Kitty.

Mais était-ce vraiment surprenant ?

Ramenant une main vers la poitrine tendue vers lui, il promena doucement un pouce sur la chair sombre des tétons, puis inclina la tête pour en capturer un entre ses dents. Ensuite, de nouveau, il revint vers cette moiteur qui n'attendait que lui. Une nouvelle fois, Kitty fit mine de vouloir le toucher à son tour, lui rendre la pareille. Laurence l'en empêcha.

Il attendit de la sentir vibrer éperdument contre sa paume, pour se résoudre à la pénétrer en une seule et impérieuse poussée.

Heureusement, songea-t-il, qu'il n'avait pas attendu davantage, car il ne put se contenir bien longtemps.

Une fois que Kitty se fut enfin endormie, blottie contre son torse, Laurence demeura un long moment à la contempler, plus ému qu'il ne l'avait été depuis des années. Repoussant les mèches collées au front de Kitty, il y déposa un baiser avant de se dégager de son étreinte avec mille précautions. Elle était si jolie dans l'abandon du sommeil, qu'il éprouva un pincement au cœur devant le tableau qu'elle offrait. Revivant par la pensée leur affrontement à l'extérieur du manoir, il prit soudainement conscience des raisons qui lui rendaient ce souvenir aussi insupportable.

Tout à coup, il comprenait que plus jamais il ne voulait voir Kitty pleurer. *Jamais.* Qu'elle soit en colère contre lui importait peu, pourvu qu'elle soit heureuse. *Épanouie.*

Elle mérite ce qu'il y a de mieux.

Laurence savait qu'il ne rendrait jamais à Kitty ce qu'elle avait perdu à cause de lui. Réécrire le passé était tout bonnement impossible. Cependant, il avait le pouvoir de lui assurer un avenir serein. C'était ce à quoi il allait s'employer, sans même attendre qu'ils aient regagné le rivage.

Pieds nus, il sortit sans bruit pour gagner le bureau adjacent à sa suite. Ouvrant son ordinateur, il envoya un message à Cordelia, spécifiant qu'il aurait besoin d'elle pour contacter un certain nombre de personnes, effectuer des démarches. Avant la fin de la semaine, la fondation de Kitty aurait acquis une place de tout premier plan dans son domaine.

Peut-être, alors, leur serait-il enfin possible de tordre le cou aux démons qui les tourmentaient tous les deux ?

Laurence se refusait à envisager ce que leur réservait l'avenir, si tant est qu'ils aient un avenir commun…

Car Kitty ne lui ferait jamais confiance, et il ne pouvait l'en blâmer. Lui-même ne se faisait pas confiance.

12.

Lorsque Kitty se réveilla seule dans l'immense lit de Laurence, elle était nue, entortillée entre les draps de coton égyptien, les cheveux en bataille.

Reprenant ses esprits, elle se précipita vers le hublot. Tout ce qu'elle vit fut une étendue de mer grise, et elle plaqua une main sur sa bouche, étouffant un hoquet de surprise.

Laurence l'avait kidnappée !

Éberluée, Kitty recula en titubant. C'était à n'y rien comprendre, et elle retourna sans attendre chercher ses vêtements sur le lit. Entre les plis des draps, elle retrouva son slip et rien d'autre.

— Bonjour !

La voix nonchalante de Laurence la fit sursauter. Kitty fit volte-face.

Contre toute attente, il avait l'air d'émerger d'une bonne nuit de repos. Pas une ombre ne venait obscurcir son regard vif. Il portait une tenue nettement plus décontractée que les habituels costumes sur mesure constituant son uniforme de travail – une chemise cintrée en lin, et un pantalon assorti.

Gênée, Kitty tira le drap pour s'en dissimuler.

— Laurence, où sommes-nous ? demanda-t-elle.

Il jeta un coup d'œil en coin à la tablette qu'il tenait.

— Quelque part dans l'Atlantique.

— Nous sommes en mer ?

— Depuis une ou deux heures après être montés à bord. Apparemment, tu ne t'en étais pas rendu compte.

Il esquissa une moue ironique, puis ajouta :

— Tu avais d'autres préoccupations…

— Tu aurais dû me prévenir !

— Pour cela, il aurait fallu que tu m'écoutes. Je t'ai pourtant dit que je pouvais tout à fait travailler depuis ce bateau. D'ailleurs, j'ai déjà commencé. J'ai même avalé plusieurs tasses de café. Mais je peux tout à fait prendre un vrai petit déjeuner avec toi si tu te prépares vite. Nous discuterons du planning des jours prochains. J'ai déjà réfléchi à une possibilité d'investissement pour toi…

Bouche bée, Kitty dévisageait Laurence sans savoir quoi dire. Elle ne l'avait jamais vu aussi enthousiaste.

— Je t'expliquerai tout ça dès que tu seras prête, conclut-il.

— Mais enfin, Laurence, j'exige que tu me ramènes à New York ! Je n'ai même pas emporté mon passeport.

— Cordelia pourra sans problème te le faire parvenir à notre prochaine escale.

Leur prochaine escale ?

Pour un peu, Kitty aurait éclaté de rire, malgré sa fureur. Avait-elle embarqué pour une croisière avec le diable ?

— Bon, tu vas te décider à t'habiller, oui ou non ? lança Laurence.

— Il faudrait d'abord que je retrouve mes vêtements !

Le visage en feu, Kitty se rappela que sa robe avait été négligemment abandonnée quelque part dans la coursive menant à la suite. Son soutien-gorge devait être sur le seuil de la chambre. Quant à sa culotte de dentelle, sur le lit, elle était certainement encore humide…

Haussant les sourcils, Laurence laissa échapper un petit rire étouffé comme s'il avait lu dans ses pensées.

— Aurais-tu besoin d'aide ? gloussa-t-il.

— Oh ! *toi !*

Avec un geste théâtral, Kitty se débarrassa du drap dont elle avait fini par s'enrouler, puis passa devant Laurence, tête haute, sans daigner lui adresser le moindre regard. D'un pas déterminé, elle se dirigea vers une porte dont elle espérait qu'elle ouvre sur une salle de bains.

Elle ne fut pas autrement surprise de se sentir rattrapée

et entourée de deux bras puissants. Ce fut avec un soupir de contentement qu'elle enregistra le fait que Laurence plaquait sa musculature d'athlète contre son dos nu.

— Tu sens délicieusement bon, lui dit-il en l'embrassant dans le cou, rallumant un brasier en elle.

Dans sa voix, perçait une insouciance nouvelle. Une intonation qui n'y était pas la nuit précédente. Comme s'il avait exorcisé quelque chose en quittant le rivage.

— Laisse-moi aller prendre un bain et m'habiller !

— Comme tu voudras, Katherine.

Si Kitty était parvenue à se retenir de frissonner au contact des lèvres chaudes dans son cou, la façon dont Laurence prononçait son prénom, en s'attardant sur les voyelles, fit dresser les petits cheveux sur sa nuque.

— Laurence..., murmura-t-elle, tandis que les grandes mains erraient de son ventre à ses seins sur lesquels elles se refermèrent.

Elle sentait sa poitrine lourde et encore brûlante de la nuit passée, et incroyablement sensible. Lorsque, du pouce, Laurence se mit à agacer la pointe durcie du mamelon gauche, Kitty hoqueta. Lorsque cela devint un pincement presque cruel, elle crut perdre pied.

— Tu en veux encore ? questionna-t-il.

Délaissant sa poitrine, il laissa descendre sa main vers l'apex des cuisses de Kitty, étroitement serrées. Elle n'hésita pas à onduler du bassin, de manière à ce que ses fesses viennent se nicher précisément à la naissance des cuisses aux muscles saillants.

— Serait-ce ta façon de dire oui ? ajouta-t-il.

Délicatement, les doigts de Laurence allèrent chercher la perle engorgée entre ses plis intimes, autour de laquelle son index entreprit de décrire des cercles concentriques – avec une lenteur délicieuse, à la limite du supportable. Les lèvres chaudes se collèrent à son oreille, et Kitty était tout à fait incapable de cesser de gigoter car Laurence lui murmurait d'une voix lascive tout ce qu'il envisageait de lui faire, et dont il n'avait pas encore eu le temps.

Sauf, disait-il, que ce ne serait pas pour cette fois, car s'il ne la possédait pas sur-le-champ, il risquait de jouir contre ses fesses.

Hébétée de désir, Kitty entendit Laurence déchirer le sachet de papier aluminium, puis il la fit mettre à genoux et en appui sur les mains, avec la plus extrême douceur.

— Tu veux bien ? demanda-t-il, explorant par-derrière le cœur de sa féminité.

Sa chair intime se contracta avec force autour des doigts de Laurence, et Kitty n'aurait su dire si le gémissement qu'elle entendit montait de sa gorge ou de la sienne.

— Oui, répondit-elle dans un halètement.

Tout ce qu'elle voulait, c'était que Laurence l'emplisse complètement. Qu'il vienne satisfaire le besoin qui la torturait.

Alors, il s'enfonça en elle en une seule poussée, profondément. Kitty sentit tout son corps mollir, convulser, l'attirer en elle. Elle laissait échapper des ahanements rauques tandis que Laurence allait et venait en elle. Très vite, il n'y eut plus d'autre bruit que celui de leurs deux corps s'entrechoquant.

Dans un hoquet, Laurence prononça un mot qu'elle n'entendit pas vraiment. Puis la pression de ses doigts se fit plus insistante – *divinement* –, lui arrachant un cri dont Kitty était certaine qu'il n'avait pas fini de le lui rappeler.

Elle faillit basculer en avant, mais il la retint juste à temps, la serrant tendrement contre son torse un bref instant, avant de l'allonger très doucement sur le tapis. Reprenant son souffle, Kitty s'accorda le temps de faire connaissance avec l'impudique étrangère qui reposait, pantelante, à l'extérieur du corps de Katherine Asare.

Prestement, Laurence se dégagea, se laissant rouler sur le dos. Kitty releva la tête, juste assez pour l'observer.

— Est-ce que tu as… ? commença-t-elle, avant de mordre sa lèvre, tout à coup intimidée.

L'orgasme l'avait mise en pièces, la réduisant à un état de faiblesse inouï.

Laurence esquissa une moue amusée.

— Quelle prévenance ! se moqua-t-il avec bonhomie. Oui, j'ai joui. Un peu moins bruyamment que toi, mais oui.

Un instant, Kitty eut la tentation de répliquer vertement, mais ses yeux se fermèrent, et elle posa la tête sur la douce épaisseur du tapis. Il s'en fallut de peu qu'elle ne sombre.

— Alors, ce petit déjeuner ? la houspilla Laurence.

— Si tu y tiens, marmonna-t-elle.

Le yacht était d'une opulence telle que Kitty avait une surprise à chaque pas, tandis qu'elle suivait une employée imperturbable le long des coursives.

Ses chaussures à la main, elle serrait autour d'elle les pans d'une robe de chambre de Laurence. Kitty s'en était enveloppée en inhalant le parfum musqué de sexe et d'épiderme viril qui restait sur son corps après les épisodes de la nuit et du matin.

Elle avait l'impression d'être marquée au fer rouge, mais s'en moquait éperdument.

— M. Laurence a donné l'ordre que vous soyez installée dans la Chambre rose, mademoiselle, l'informa son accompagnatrice. Avant de vous y conduire, il m'a demandé de vous faire faire un tour rapide du bateau.

La décoration était d'un goût très sûr, dans un dégradé de blanc crème et or, répété dans chacune des cabines, toutes plus luxueuses les unes que les autres, incluant salle à manger, salon, piste de danse et autres lieux de détente et réunion. Le pont supérieur était doté d'un solarium pavé de mosaïques, et d'une piscine olympique d'eau de mer dont le fond représentait un démon poursuivant une nymphe.

Au même étage, toutes les pièces de réception – bibliothèque, salle à manger, salons – étaient de style anglais à l'ancienne.

Lorsque Kitty fut introduite dans la suite qui lui était attribuée, elle avait cessé de jouer l'indifférence. Ce fut avec des yeux ébahis qu'elle découvrit les coins salon et salle à manger, la vaste salle de bains, et le balcon privé. L'ensemble était décoré dans des tonalités allant du rose pâle au carmin, associées à du blanc nacré et du gris perle. Les pieds nus de Kitty s'enfoncèrent dans une moquette aussi épaisse qu'un couvre-lit. Un gigantesque bouquet de roses écarlates embaumait la pièce.

— Je vous souhaite un agréable séjour, mademoiselle, déclara la femme de chambre. N'hésitez pas à explorer la penderie. M. Laurence a fait livrer par hélicoptère un assortiment de tenues à votre intention, ce matin même. Le petit déjeuner sera servi sur le pont juste au-dessus de celui-ci. Je m'appelle Vera. Sonnez si vous avez besoin de moi.

Lorsque ladite Vera se fut éclipsée, Kitty se hâta vers la salle de bains. Laurence l'attendait, et il aurait été plus judicieux qu'elle se contente de prendre une douche. Sauf qu'il l'avait bel et bien enlevée, après tout ! Aussi, ce fut d'un petit air rebelle qu'elle se fit couler un bain, dans lequel elle déversa la moitié d'un pot de sels.

Une demi-heure plus tard, Kitty émergea de la Chambre rose, détendue et parfumée, vêtue d'une robe-fourreau couleur crème qu'elle n'aurait jamais pu s'offrir même dans ses rêves les plus fous. Une paire de sandales assorties, exactement à sa taille, complétait l'ensemble. Elle avait rassemblé son épaisse chevelure en un chignon souple, sur la nuque, et passé sur ses lèvres une touche de gloss.

Lorsque Laurence la vit, son regard se fit caressant.

— Allons déjeuner, dit-il en lui tendant le bras, avec une galanterie un peu surannée qui lui allait à la perfection.

— Ton yacht est splendide, déclara Kitty une fois qu'ils furent installés.

Un serveur s'employait à soulever les couvercles en argent dissimulant œufs brouillés, salade de fruits, et petits pains odorants. Laurence attendit qu'il eût disparu pour répondre :

— C'est un bâtiment ancien. Il date de la Seconde Guerre mondiale, et il a été rénové à plusieurs reprises. Je l'ai acheté essentiellement pour casser les pieds au sénateur. Et puis, j'aime bien habiter sur l'eau.

Cette remarque ne manqua pas de piquer la curiosité de Kitty. Au cours des quelques semaines passées aux côtés de Laurence, elle ne l'avait jamais entendu évoquer son passé avec une telle décontraction, ni se confier sur son mode de vie.

Peut-être le fait d'être en pleine mer, loin de tout, allait-il le pousser aux confidences ?

— Qu'y a-t-il ? Tu me trouves bizarre ? questionna-t-il.

— Un peu, oui. J'imagine qu'à ton âge, et dans ta situation, un homme est censé avoir un lieu de résidence digne de ce nom, plutôt que vivre sur un bateau aussi luxueux soit-il.

— J'apprécie le fait d'être à l'abri de tous les curieux et les importuns. Enfant, je n'ai pas eu droit à beaucoup d'intimité, vu que j'ai été ballotté de pensionnat en pensionnat.

Laurence se tut, et Kitty comprit qu'il n'avait pas l'intention d'en dire plus pour le moment.

— Je peux savoir quel est le programme de la journée, dit-elle, préférant changer de sujet.

Le regard que Laurence promena sur elle était lourd de sous-entendus.

— Il y a encore un tas de choses que j'ai envie de faire avec toi, fit-il. Mais nous avons tout le temps pour cela.

Un instant, il la dévisagea en silence, avec un regard dans lequel Kitty lut un appétit féroce. Le moment était peut-être venu d'aborder un autre sujet de conversation, songea Kitty.

— Qu'est-ce qui s'est passé, lorsque ton père a découvert ce que tu avais fait contre lui ?

Le visage de Laurence se figea. Il demeura silencieux pendant un temps qui parut interminable à Kitty. Au point qu'elle supposa qu'il ne répondrait pas. Cependant, il finit par s'y résoudre :

— Puisque tu me le demandes, je vais te le dire. Ensuite, il n'en sera plus question. Jamais. Le passé est le passé, Kitty. Tournons-nous vers l'avenir.

Elle opina de la tête, et il enchaîna :

— Une fois que j'ai eu communiqué l'information à la presse, j'ai commis une grossière erreur. Je m'en suis vanté sur les réseaux sociaux. J'étais tellement fier de ce que je pensais avoir réussi. Dans un premier temps, des tas de gens m'ont soutenu. Mais, très vite, mon père a retourné la situation à son profit. Il m'a fait passer pour un affabulateur. Je n'ai jamais compris comment il était parvenu à dissimuler ses sales magouilles.

De nouveau, Laurence s'enferma dans un silence lourd. Kitty en vint à poser une main sur son bras. D'une part pour le pousser à reprendre son récit, d'autre part pour la simple raison qu'elle avait envie de le toucher. À sentir la tension qui nouait ses muscles, elle grimaça. Laurence tressaillit puis la regarda en clignant des paupières.

— Je ne comprends pas ce qu'il y a chez toi qui me pousse à me confier, dit-il très doucement.

Kitty ébaucha un pâle sourire, vite disparu.

Avec un profond soupir, Laurence lui prit la main, l'attirant près de lui. Si près que Kitty avait l'impression déroutante de ne plus savoir où finissait son propre corps, et où commençait le sien.

Prenant la tablette qu'il avait posée sur la table, il en effleura l'écran puis cliqua sur une série de dossiers. Au bout de quelques secondes, il la lui tendit en disant :

— Tiens, lis.

Il s'agissait d'articles de presse aux titres accrocheurs, dans l'ordre chronologique.

Laurence Stone, adolescent à problèmes, pris dans une perquisition antidrogue

« C'est sous l'emprise de la drogue que le jeune Stone a divulgué des documents falsifiés », déclare l'avocat de la famille.

Le fils d'un homme politique new-yorkais envoyé en cure de désintoxication ; ses parents sont anéantis…

D'autres étaient plus sordides, mais tous présentaient le

même scénario. Après avoir lu le dernier titre, Kitty lança un coup d'œil interrogatif vers Laurence.

— Tu as vraiment été envoyé en centre de désintoxication ? lança-t-elle, horrifiée.

— Oui, après la découverte d'héroïne dans mes bagages, à l'aéroport, devant des dizaines de témoins. Le sénateur a alors joué la comédie du parent affligé. Bien sûr, je l'ai accusé d'être à l'origine de ce coup monté, mais je n'avais aucune preuve. Ce qu'il n'a pas manqué de m'asséner. Il m'a aussi informé que je n'étais plus le bienvenu sous son toit. Quand bien même il s'engageait à continuer à financer mes études. Après tous les soupçons pesant sur ses magouilles fiscales, il ne voulait pas du scandale que risquait de provoquer le fait qu'il abandonne son fils purement et simplement.

— C'est abominable ! s'indigna Kitty.

Laurence haussa les épaules.

— C'était il y a longtemps, observa-t-il. J'étais trop jeune et naïf. J'ai perdu la partie contre quelqu'un de bien plus fort que moi. Mon père a des relations dans tous les milieux. Il a même convaincu le journaliste qui avait publié les documents de se rétracter. J'ignore comment. Le dernier contact que j'ai eu avec le sénateur, c'est lorsque je lui ai restitué jusqu'au dernier sou dépensé pour mon éducation.

Soudain, Kitty se sentait horriblement stupide. Anéantie, elle s'affaissa sur sa chaise.

— Je suis tellement désolée, murmura-t-elle.

— Pas pour moi, j'espère ! Aujourd'hui, je vais très bien.

Laurence avait retrouvé son arrogance coutumière. Il s'était interrompu pour se resservir du café.

— S'il y a une leçon à tirer de tout cela, Kitty Asare, c'est qu'il faut ne compter que sur ses propres forces. Prends ce qui te revient sans t'excuser de le faire. Ne cherche pas à te faire aimer. L'amour ne sert à rien.

Tout à coup, Kitty se sentit à bout de forces. Que faisait-elle là si Laurence se méfiait autant de l'amour ? Et pourquoi le fait de découvrir cette réalité la bouleversait-elle ainsi ?

Pourtant, elle ne pouvait s'en tenir là. Il lui avait ouvert son cœur, et méritait quelque chose en retour. Sans plus attendre, elle vint s'asseoir sur ses genoux, se plaquant contre lui.

— Tu es quelqu'un de bien, Laurence Stone. Je ne serais pas ici, avec toi, si je n'en étais pas certaine. J'apprécie l'homme que tu es. Du fond du cœur.

— Oh… ! souffla Laurence.

Il cilla plusieurs fois, sans proférer autre chose que cette interjection. À le voir aussi désemparé, Kitty eut les larmes aux yeux. Elle se força, malgré tout, à ébaucher un sourire.

— Pas la peine d'avoir l'air aussi choqué, dit-elle. Tu ne me crois pas ?

— Au contraire ! Je considère cela comme une victoire.

Elle laissa échapper un petit rire embarrassé. Tous deux demeurèrent silencieux un instant, puis Laurence la fit lever de sur ses genoux, et s'éclaircit la voix.

— Nous ferions mieux de finir de déjeuner, dit-il. Je vais demander qu'on nous apporte du café. Celui-ci est froid.

— D'accord, acquiesça Kitty dans un souffle, reprenant sa place docilement.

Son cœur battait la chamade. Une étonnante énergie avait été libérée au cours de cet échange. Au fond d'elle-même, Kitty savait que plus rien ne serait comme avant entre eux.

13.

— Si tu avais le pouvoir de réaliser l'un de tes rêves, lequel choisirais-tu ? demanda Laurence.

Kitty ne se donna pas la peine d'ouvrir les yeux. Ils étaient sur le pont supérieur, sous un soleil radieux. À côté d'elle, Laurence était étendu sur une chaise longue.

L'un comme l'autre était paresseusement alangui après avoir fait l'amour presque tout l'après-midi. Kitty était grisée par les effluves de vanille et jasmin de l'huile solaire dont Laurence la frictionnait avec application.

— Kitty ? insista-t-il.

Elle n'avait aucune envie de répondre. Cela faisait trois jours qu'ils étaient en mer, et cela avait été des journées et des nuits divines, imprégnées de plaisir. Ils avaient fait l'amour, mangé, bu, bavardé, ri, créant leur propre univers, si loin de celui qu'ils avaient laissé derrière eux. Un univers dans lequel rien d'autre n'avait d'importance que le plaisir, et la surprise de découvrir qu'ils s'entendaient bien mieux qu'ils ne l'auraient jamais imaginé.

Kitty était aussi épuisée d'avoir joui tant et tant de fois. Sous le chaud soleil qui pénétrait sa peau, gardant sur la langue le goût du cocktail qu'on leur avait servi un peu plus tôt, elle songea qu'elle n'avait jamais été aussi heureuse. En tout cas, pas depuis qu'adolescente elle s'était prise pour une héroïne de conte de fées. Avant que son carrosse ne se transforme en citrouille, brisant ses rêves et son cœur.

— Kitty, tourne-toi ! Je veux te passer de l'huile de l'autre côté.

Sans protester, elle s'exécuta, laissant échapper de quasi inaudibles gémissements lorsque les mains de Laurence naviguèrent sur ses côtes, puis remontèrent vers ses mamelons déjà dressés, durcis et douloureux.

Les longs doigts minces en effleurèrent les pointes sans s'y attarder. Ce fut seulement lorsque Laurence suspendit son geste que Kitty ouvrit les yeux.

— Ah, dit-il, je pensais bien que cela suffirait à éveiller ton attention.

Le fusillant du regard, Kitty chassa ses mains d'une petite tape sans grande conviction. D'ailleurs, lorsqu'il les posa de nouveau sur elle, sa seule préoccupation fut de s'empêcher de se tortiller de désir.

— Si tu veux que je t'écoute, tu ferais mieux de ne pas m'exciter, répliqua-t-elle entre ses dents serrées.

Le rire sonore de Laurence résonna sur tout le pont.

Kitty ne s'attendait pas à ce qu'il vienne s'allonger près d'elle, l'attire contre lui, et l'embrasse jusqu'à lui faire perdre le souffle. Lorsqu'il interrompit ses baisers, il appuya son front contre le sien.

— Alors, quel rêve voudrais-tu voir se réaliser ? insista-t-il en venant se placer entre ses jambes.

Aussitôt, Kitty noua ses chevilles derrière le dos musclé, l'étreignant étroitement, de sorte que le short de bain que portait Laurence frotta délicieusement contre son entrejambe.

— Je refuse de répondre à cette question, dit-elle. La vie m'a appris que les rêves ne servent à rien.

— Bon, alors, dis-moi au moins quelle est la dernière chose que tu as souhaitée.

Secouant la tête, Kitty décida de garder un ton léger.

— Que tu m'embrasses et me caresses, dit-elle.

Laurence éclata de rire.

— Et est-ce que tu as été satisfaite ?

— Oui, plutôt…

Elle frissonna lorsque l'index de Laurence suivit le dessin

de sa clavicule, avant de s'aventurer plus bas vers sa poitrine, finissant par se poser sur un téton.

— Hmm, c'est bon…, roucoula-t-elle en déglutissant avec peine car il promenait le pouce autour de la pointe contractée.

Laurence s'inclina pour la capturer entre ses lèvres, faisant sursauter Kitty lorsqu'il la mordilla. Ensuite, sa bouche traça un sillon descendant de plus en plus bas sur son ventre.

Frissonnante, Kitty avait déjà perdu toute notion de la réalité au moment où il finit par atteindre son but.

Plus tard, après le dîner, Laurence demanda à Kitty de le suivre dans son espace de travail. C'était la seule cabine qu'elle n'eût jamais visitée. La porte en était toujours verrouillée, et lorsqu'il l'ouvrit elle demeura bouche bée.

C'était à croire que le bureau new-yorkais de Laurence avait été transporté sur ce palace flottant. L'une des cloisons était entièrement occupée par un écran géant, allant du sol au plafond. À l'instant où il actionna un interrupteur pour l'allumer, Kitty eut un hoquet de surprise.

C'était une photo d'elle, prise pendant l'interview télévisée, qui s'affichait plein écran. Sa coiffure, son maquillage, sa robe, tout contribuait à donner l'image de la femme qu'elle cherchait à être depuis des années.

Laurence vint se placer derrière elle, l'enserrant de ses bras, et lui tendit une télécommande.

— Jette un coup d'œil, lui dit-il. J'ai pensé que nous pourrions compléter ça ensemble tant que nous sommes sur le bateau.

Cliquant sur le premier onglet, Kitty fit apparaître des photos où l'on découvrait d'immenses bureaux remplis de lumière. À en croire l'adresse mentionnée sur l'image, l'immeuble se situait dans l'une des artères les plus chics de Manhattan. Elle cliqua une nouvelle fois, ouvrant un portail destiné aux souscriptions, un autre répertoriant les noms des plus récents donateurs – y compris les Mueller. Sur la dernière page s'affichèrent les portraits de trois des jeunes gens auxquels Kitty avait apporté son aide. Leurs visages souriants étaient assortis de courtes biographies, et de la mention : « Avec le soutien de Katherine Asare. »

— Laurence..., fit-elle d'une voix étranglée.

Desserrant son étreinte, il lui fit face, les yeux brillants.

— L'immeuble sera complètement rénové lorsque nous regagnerons New York, dit-il avec enthousiasme. Pour ne pas perdre de temps, j'ai organisé une visioconférence avec l'équipe que j'ai recrutée pour t'assister.

— *Laurence !*

— Qu'est-ce qu'il y a ? interrogea-t-il en fronçant les sourcils.

Se hissant sur la pointe des pieds, Kitty déposa un baiser sur ses lèvres, puis s'écarta. Elle ne lui avait jamais vu pareille expression de tendresse émue.

— Kitty..., fit-il en enserrant son visage entre ses mains.

Au cours des trois jours passés en sa compagnie, Laurence avait abattu les barrières que Kitty avait érigées autour d'elle, la laissant plus terrifiée qu'elle ne l'avait jamais été. Ce n'était pas Laurence qu'elle craignait, bien sûr. C'était plutôt la perspective de s'effondrer encore plus dramatiquement que naguère, lorsqu'il s'éloignerait d'elle.

Ce qui était inévitable.

— Laurence, je ne peux pas accepter.

— Pardon ? lâcha-t-il.

— C'est trop. Rien que ces bureaux doivent valoir une fortune...

— Je me moque de ce que ça coûte !

— Je t'en prie...

La voix de Kitty se brisa. Elle n'avait jamais vu pareille dureté se peindre sur le visage de Laurence.

— Je ne comprends pas, dit-il avec colère. Nous avions conclu un accord, c'est vrai. Mais c'était avant que nous...

Le cœur de Kitty se serra. Avant quoi ? songea-t-elle. Avant qu'ils aient couché ensemble ? Car, pour Laurence, il ne s'agissait que de ça : une simple affaire de satisfaction physique.

— Je tiens à certaines valeurs, Laurence, tenta-t-elle

d'expliquer. L'une d'entre elles est la simplicité. Ce n'est pas comme cela que j'entends diriger ma fondation. L'argent ne sert qu'à aider ceux qui sont dépourvus de tout. Je ne garde rien pour mon bénéfice personnel. Je vis modestement…

— Quelle noblesse d'âme !

Assez tergiversé. Il me faut être directe.

— Je ne veux pas de ton argent, Laurence.

— Ah bon ? Pourtant tu n'as pas eu de scrupules à profiter du luxe de mon yacht. Et je te rappelle que tu n'as pas hésité à t'incruster dans l'une de mes réceptions.

Il est blessé. Ne prends pas ce qu'il dit au pied de la lettre.

— C'est toi qui m'as amenée ici, dit-elle. Selon notre accord, tu devais seulement me mettre en contact avec des gens riches. Je ne t'ai jamais rien demandé d'autre.

— Et si, *moi*, j'ai envie de te donner davantage ?

Laurence avait proféré cela d'une voix presque inaudible. Kitty se demanda si elle l'avait rêvé.

— Je te dois au moins cela, ajouta-t-il. En plus, je…

Déglutissant avec peine, Kitty leva une main pour le faire taire. Sous l'effet de la panique, son cœur battait à tout rompre.

— Il faut que je parte d'ici, Laurence. Fais-moi reconduire à terre. Je veux rentrer chez moi.

Laurence n'en croyait pas ses oreilles. Il était incapable de détacher son regard de la vision ravissante qu'offrait Kitty, dans sa robe légère dont le bleu s'accordait à la perfection à la couleur du ciel.

C'était lui-même qui l'avait choisie dans la penderie, le matin même, après qu'ils avaient fait l'amour dans la piscine. Ruisselante telle une sirène, il avait possédé Kitty contre la paroi de mosaïque, après s'être repu de ses seins ronds, de ses hanches, avoir léché les gouttes d'eau sur son corps.

Pourquoi, *diable*, de tels souvenirs l'assaillaient-ils en pareil moment ?

Sur l'adorable visage, il lut une souffrance extrême.

— Laurence, je t'en prie, essaie de me comprendre…

Son visage *perfide*, plutôt !

Empoignant son téléphone, Laurence appela Cordelia. En quelques mots, le retour de Kitty vers le continent fut organisé. Il la vit blêmir et chanceler. *Parfait !* Il tenait à ce qu'elle vive un calvaire semblable au sien. Car il avait l'impression que des griffes acérées lui déchiraient les entrailles.

— Laurence, ne sois pas en colère…

En colère ? C'était peu dire !

— Tu as refusé une offre qui m'a demandé un travail considérable, pesta-t-il. Et cela, après t'être vautrée dans le luxe de mon yacht, et m'avoir laissé te prendre dans le moindre de ses recoins.

L'amertume avec laquelle il avait lâché pareille perfidie n'était pas étrangère à Laurence. C'était le ton qu'adoptait bien trop souvent son père.

— Je ne peux pas croire que tu viennes de dire quelque chose d'aussi abominable, murmura-t-elle, le visage blême.

Laurence haussa les épaules. Il était envahi par une aigreur qui lui dictait ses paroles et ses actes. Tout ce qui lui importait, c'était que Kitty l'avait anéanti et qu'il lui fallait se venger.

Il posa sur elle un regard impitoyable. Lorsqu'il vit des larmes inonder ses joues, Laurence ne se laissa pas amadouer. Il s'y refusait.

— L'hélicoptère est prêt, dit-il. Je vais t'y conduire.

Kitty tressaillit, mais Laurence décida que cela ne lui faisait ni chaud ni froid. Pour la première fois de sa vie, il avait ouvert son âme à quelqu'un en toute confiance. C'était à croire que ce que Kitty avait vu n'était pas à son goût. Sinon, elle ne lui aurait pas infligé pareil affront.

— Suis-moi ! tonna-t-il. Immédiatement !

Un petit sanglot monta de la gorge de Kitty, mais elle se laissa entraîner, rassemblant sa jupe autour de ces longues jambes. Des jambes qui, pas plus tard que le matin même, s'enroulaient autour de lui.

— Dépêche-toi ! aboya-t-il.

Il ne se retourna pas pour voir si Kitty pleurait. Lorsqu'elle serait partie, il s'enfermerait dans l'obscurité de sa cabine pour affronter les démons qu'elle avait réveillés en lui.

Une fois arrivés à proximité de l'appareil, Laurence la prit par la taille pour la hisser dans la cabine. Cette fois, il ne put ignorer que le petit visage était ravagé par les pleurs.

— Je suis désolée, cria-t-elle pour se faire entendre malgré le vacarme des pales.

Dans ses yeux, Laurence lut un mélange de pitié et de regrets. C'était plus qu'il n'en pouvait supporter. Pour rien au monde, il n'aurait toléré que Kitty sache combien il était bouleversé.

De la main, il fit signe au pilote de décoller. Puis il recula pour se mettre hors de danger.

Un danger aussi bien physique qu'émotionnel.

14.

Cela faisait des années que Kitty n'avait pas versé une seule larme. Pas depuis qu'elle avait été chassée de chez les Stone. Tout à coup, c'était comme si une digue s'était rompue, et elle ne cessa pas de pleurer un seul instant, pendant le trajet dans les airs, puis dans le taxi où le chauffeur, alarmé, lui demanda quel était le sale type qui la mettait dans un tel état.

Enfin, à l'abri derrière la porte de sa chambre, elle se roula en boule sur son lit, désirant une seule chose : que le sol s'ouvre pour l'engloutir. Qu'elle disparaisse à tout jamais.

Cela faisait des années qu'elle n'avait pas été ravagée par pareille souffrance. Revoir l'expression de Laurence lui était intolérable.

Tu as juste fait ce qu'il fallait, se répétait-elle en boucle.

N'avait-elle pas payé pour savoir qu'il était moins douloureux de renoncer à quelque chose que de se le voir arraché des mains. Cette fois, elle avait pris les devants.

Alors, pourquoi souffrait-elle à ce point ?

Pour une fois, elle avait évité que le sol ne se dérobe brutalement sous ses pieds en prenant l'initiative. La politique de la terre brûlée, c'était la meilleure manière de procéder avec un homme tel que Laurence.

Un sanglot monta de la gorge de Kitty. Pourquoi fallait-il qu'il lui manque à ce point, alors qu'il y avait seulement quelques heures qu'ils s'étaient séparés. Tout à coup, son lit lui paraissait minuscule et glacé – non parce qu'il était modeste, mais parce qu'il était désespérément vide, qu'elle y était seule.

Mieux vaudra t'y faire !

Laurence n'était pas un homme pour elle. En prenant les devants, Kitty pouvait se féliciter d'avoir fait d'une pierre deux coups : d'une part, elle avait échappé à une situation de plus en plus périlleuse pour elle ; d'autre part, elle avait donné une bonne leçon à cet arrogant de Laurence Stone.

Laurence demeura une journée supplémentaire à bord du yacht, afin d'accorder à Cordelia le temps d'effacer toute trace du passage de Kitty Asare dans sa vie.

Au lendemain de son retour à terre, il signa le contrat avec Giles Mueller, et son assistante le gratifia d'un regard entendu en se contentant d'un simple :

— C'est fait !

Avec un petit rire sardonique, Laurence conclut que tout était pour le mieux. Il avait obtenu ce qu'il voulait, avec ce contrat, et Kitty n'avait pas perdu au change, elle non plus. Néanmoins, il lui fut pratiquement impossible de se concentrer sur quoi que ce soit du reste de la journée. Il quitta son bureau bien plus tôt que cela ne lui était arrivé depuis des années.

Son chauffeur l'attendait devant l'immeuble, mais Laurence le congédia pour marcher un peu.

Regagner le bateau n'était pas une bonne idée. Ce serait se confronter au souvenir de cette scène horrible. Et puis, Kitty serait partout présente. Dans tous ces endroits où ils avaient partagé tant de moments…

Dire qu'elle avait réussi à s'immiscer dans ce que Laurence considérait comme sa tanière, pour finir par le poignarder !

Quelle ingratitude !

Pourtant, il aurait donné n'importe quoi pour rencontrer Kitty au hasard de ses pérégrinations. Pour passer un doigt sous ce menton creusé d'une fossette, l'obliger à le regarder en face, lui demander pourquoi elle s'était comportée ainsi.

Cette pensée l'oppressa au point qu'il dut faire une pause pour inspirer profondément. Il s'étonna d'être si loin de chez lui, et s'engouffra dans une bouche de métro. Ce fut presque malgré lui qu'il se retrouva dans une rame en direction du quartier de Queens. Pour quoi faire ? Aller relancer Kitty chez elle ? Non, ce serait la pire des choses !

Reprends-toi, bon sang !

À vrai dire, Laurence avait le sentiment de n'être plus lui-même depuis cette fichue soirée au Park Hotel.

Bref, depuis la nuit des temps !

Émergeant du métro dans une partie du Queens qu'il ne reconnut pas, il se laissa tomber sur un banc de square, et pianota sur son téléphone.

— Laurence ?

— Salut, Aurelia.

Avec un demi-sourire, Laurence songea qu'il devait aller un peu mieux, puisque la surprise de son ancienne petite amie le remplissait d'aise.

— Es-tu toujours à Dubaï ? enchaîna-t-il.

— Non. Je suis de retour à New York. Pour me fiancer.

Aurelia avait lâché cette ultime information comme un avertissement.

— Pas de panique ! rétorqua Laurence d'un ton moqueur. Ce n'est pas pour ça que je t'appelle.

Sans le faire exprès, Aurelia lui tendit la perche qu'il espérait.

— Ça a l'air d'aller pour toi aussi, Laurence, lança-t-elle. Tu n'as pas tardé à me remplacer. Qui est donc cette fabuleuse beauté que l'on voit à ton bras ?

Cela suffit à Laurence pour déverser toute l'histoire. Dans une version abrégée, bien sûr. Lorsqu'il en eut terminé, Aurelia resta muette quelques secondes, puis elle demanda :

— Pourquoi me racontes-tu cela ?

Laurence soupira bruyamment.

— Parce que tu es une *femme*, pardi ! Et que j'ai besoin de ton avis éclairé.

De nouveau un silence, puis Aurelia déclara :

— Si tu veux un conseil d'amie, Laurence, fais-toi petit. Surtout si tes intentions sont sérieuses. Débrouille-toi pour que ce soit *elle* qui fasse le premier pas. Cette Kitty m'a l'air d'avoir sa fierté. Et tu es plutôt du genre despotique. Sans oublier, égocentrique, arrogant, exigeant…

— D'accord, d'accord. J'ai compris !

— Ce que je veux dire, c'est que si elle revient vers toi, il faut que tu sois certain que c'est *elle* qui l'a décidé. Pas qu'elle s'est laissé convaincre par le publicitaire que tu es. Fais-lui savoir que tu l'attends, mais ne t'impose pas.

Aurelia marqua une pause, puis elle reprit :

— Après tout ce que cette malheureuse a vécu, on peut comprendre sa méfiance. Si tu tiens à elle, il faut que tu lui prouves qu'elle ne court aucun risque d'être abandonnée une nouvelle fois. À la condition, évidemment, que tu veuilles qu'elle fasse partie de ta vie. Est-ce le cas ?

Laurence resta sans voix un moment. Si longtemps, qu'Aurelia finit par éclater de rire.

— C'est que tu es vraiment amoureux, dis-moi ! s'exclama-t-elle.

Comment pouvait-elle dire une chose pareille ? s'indigna Laurence en son for intérieur. Sauf qu'il était incapable de démentir.

15.

Kitty était déterminée à ce que la fin de son histoire avec Laurence lui laisse cœur et esprit intacts. Elle y était presque parvenue. Tout d'abord, elle avait fait matériellement table rase, renvoyant à Cordelia toutes les tenues que cette dernière lui avait procurées. Ensuite, elle avait remboursé le moindre sou investi par Laurence dans autre chose que sa fondation. Ainsi, elle avait la certitude qu'il ne pourrait rien lui reprendre, puisqu'elle n'avait rien accepté de lui.

Ce dont elle ne parvenait pas à se débarrasser, cependant, c'était le souvenir de l'expression de Laurence lorsqu'elle lui avait affirmé vouloir quitter le yacht.

Les hommes dans son genre n'ont besoin de personne, se répétait pourtant Kitty, énergiquement.

Malgré tout, lorsqu'elle se repassait le film des semaines passées, ce n'étaient pas tant les événements qui lui revenaient à l'esprit que les expressions du visage de Laurence.

Il y avait cette curiosité à peine voilée du soir où il l'avait entraînée dans sa suite du Park Hotel, et qu'elle avait cédé à l'envie subite de l'embrasser. Elle revoyait l'amusement qui se peignait sur ses traits chaque fois qu'elle se mettait en colère. Également l'étrange tendresse avec laquelle il la regardait lorsqu'elle était triste. Et, surtout, l'intensité de son regard, la transperçant jusqu'au tréfonds de son être, toutes les fois où ils faisaient l'amour…

Qu'elle puisse encore se servir de cette expression pour évoquer leurs relations sexuelles horrifiait Kitty. Elle ne pouvait s'empêcher de penser que quelque chose d'autre que la simple satisfaction d'un besoin physique avait existé entre eux. Quelque chose de bien plus profond. C'était une émotion sur laquelle Kitty se refusait à mettre un nom car cela lui faisait trop peur.

Pourquoi Laurence avait-il fait naître en elle de tels sentiments ? Pourquoi cela l'obsédait-elle à un tel point ?

Kitty avait décidé que le lancement de la nouvelle version de sa fondation aurait lieu le dernier jour de l'été.

La fin de son histoire avec Laurence remontait au mois de mai, et cela lui semblait se situer à des années-lumière. Cependant, l'empreinte qu'il avait laissée sur son cœur gardait toute sa vivacité. Peut-être que cet événement, dans lequel elle investissait tout son temps et toute son énergie, finirait par la débarrasser de cet encombrant fantôme…

Après mûre réflexion, elle avait choisi de donner la réception à l'extérieur de la ville, au bord de la mer – quand bien même les jeunes bénéficiaires de sa fondation étaient tous citadins. Cependant, Kitty n'oubliait pas qu'il s'agissait aussi de collecter des fonds. Son passage au sein de l'agence Laurence & Haddad, pour aussi brève qu'elle eût été, lui avait appris qu'il fallait savoir faire rêver les donateurs.

Afin de trouver le lieu idéal, Kitty avait eu l'audace de faire appel aux talents d'organisatrice de Cordelia. Celle-ci avait d'abord semblé un peu surprise, puis secrètement ravie.

« Pourquoi ne choisiriez-vous pas une maison dans les Hamptons ? avait-elle suggéré. Il y en a de très jolies à louer, à Long Island. Je vais vous envoyer un agent immobilier. »

Après une semaine de recherches, l'homme lui avait proposé l'emplacement idéal : une grande villa de pierre blanche, en bordure de plage, à un tarif tout à fait abordable. Le récent propriétaire, avait-il dit, habitait New York, aussi Kitty pouvait sans problème investir les lieux la veille de sa réception. Cela lui offrirait un peu de vacances, après de longues semaines de travail acharné.

C'était sans hésiter qu'elle avait invité Cordelia et Desmond, lesquels avaient accepté avec enthousiasme. En se disant qu'elle regretterait certainement son impulsion, Kitty avait également adressé une invitation à Laurence. Bien sûr, il ne s'était pas donné la peine de répondre !

Ses journées étaient tellement remplies qu'elle en avait presque oublié d'être déçue. Cependant, parfois, elle se faisait la réflexion qu'elle n'était guère en droit de l'être. Après tout, n'était-ce pas *elle* qui avait mis un terme à ce qui semblait sur le point d'éclore entre eux ?

La veille du lancement, Kitty loua une voiture et prit joyeusement la direction des Hamptons.

La villa était absolument charmante, nichée au cœur d'un jardin rempli de fleurs aux couleurs encore éclatantes en cette fin d'été. Une allée dallée menait jusqu'à une porte ornée de sculptures. Le salon était gigantesque, éclairé par des baies vitrées allant du sol au plafond, qui laisseraient passer la brise marine, pendant la réception, emplissant le lieu du parfum du large.

Kitty se réjouissait d'être arrivée en avance. Elle allait prendre un bon bain et lire le roman qu'elle n'avait pas eu le temps de finir depuis des semaines. Le lendemain, les décorateurs et les traiteurs arriveraient dès le matin. Promenant son regard à la ronde, elle s'attarda un instant au milieu du salon, fière de ce qu'elle avait organisé. Sans l'aide de quiconque. Ce dont elle était particulièrement satisfaite.

Une fois qu'elle eut longuement trempé dans un bain moussant, elle enfila le déshabillé vaporeux qu'elle avait acheté sur un coup de tête – juste parce qu'il était ravissant –, et descendit se préparer un thé à la cuisine. Lorsqu'on sonna à la porte, Kitty se demanda si c'était le propriétaire qui venait s'assurer que tout lui convenait.

Elle faillit s'évanouir en ouvrant la porte sur Laurence Stone. Avant qu'elle n'eût le temps de réaliser, Kitty se retrouva dans ses bras.

— Ne crie pas, lui intima-t-il.

Ce qu'elle ne manqua pas de faire.

— Qu'est-ce… qu'est-ce que tu fais ici ? bredouilla Kitty, une fois que la porte se referma sur eux.

— Kitty…

— Tu es *incroyable* ! Tu ignores que c'est une propriété privée ?

Si seulement son cœur voulait bien retrouver sa place naturelle ! se désola-t-elle *in petto*. Cela faisait des mois qu'elle n'avait pas revu Laurence, mais il semblait que son corps n'ait pas oublié l'effet qu'il lui faisait.

Déglutissant avec peine, elle ajouta :

— Je n'aurais jamais dû t'envoyer cette invitation ! Comme si je ne savais pas de quoi tu es capable !

— Je n'ai pas…

— Et tu as le culot d'arriver la veille de la réception, en plus. Je savais que tu n'as aucun sens de la mesure, mais ça…

— Kitty.

— Tu n'as même pas eu la politesse de…

— *Kitty !*

Pointant le menton, elle fusilla Laurence du regard.

— Quoi ?

— Je n'ai appris ta présence ici que tout à l'heure. Et je sais pertinemment que je suis dans une propriété privée, puisque la villa m'appartient.

Les yeux écarquillés, Kitty protesta :

— Tu dis n'importe quoi ! Tu n'as jamais possédé de maison.

— C'était vrai jusqu'à il y a quelques semaines.

Inclinant la tête d'un air penaud, Laurence ajouta :

— Une fille que j'aime bien m'a fait remarquer qu'à mon âge c'était ridicule de vivre sur un bateau. Ça m'a décidé à acheter cette maison. Pour l'instant, je la loue pour des manifestations, parce que je ne suis pas encore prêt à emménager sur la terre ferme.

Éberluée, Kitty tendit la main pour attraper une chaise. Elle n'osait même pas imaginer la tête qu'elle devait faire.

Pendant quelques secondes, Laurence la regarda sans mot dire, puis il prit une chaise à son tour.

— Je n'avais pas ouvert ton invitation, fit-il. Je ne sais pas pourquoi, je l'ai fait ce soir. Lorsque j'ai vu l'adresse… J'ai supposé que Cordelia était à l'origine de ce choix. Elle n'a même pas cherché à nier, d'ailleurs.

Kitty se cacha le visage dans les mains. Lorsqu'elle se décida à les ôter, ce fut pour constater que Laurence la dévisageait attentivement. Comme s'il cherchait à lire en elle. Il sembla ne pas trouver ce qu'il espérait, car il s'appuya au dossier, et son beau visage devint sévère.

— Tu as ma parole que je ne viendrai pas troubler ta fête, dit-il. Considère-moi seulement comme le propriétaire du lieu.

— Laurence…, murmura Kitty.

— Pas la peine de me faire ton regard de biche. Je vais très bien, tu sais.

— Tu as acheté *une maison…*

— Oui, je crois que je viens juste de te l'expliquer. Mais, Kitty… Qu'est-ce que tu fais ?

D'un pas léger, Kitty avait comblé l'espace entre les deux chaises. Avec une gaucherie qui attendrit Laurence, elle se laissa tomber sur ses genoux. Il eut un grognement de surprise, mais déjà elle nouait ses bras graciles autour de son cou. Les sens de Laurence furent aussitôt submergés par tout ce qu'il avait appris à aimer dans ce corps souple.

Elle appuya sa joue contre la sienne, lui effleurant l'oreille de ses lèvres tremblantes.

— Tu m'as tellement manqué, soupira-t-elle.

Il lui avait manqué.

Laurence toussota.

— Ah bon ? fut tout ce qu'il trouva à rétorquer.

Un sourire carnassier flotta sur les lèvres de Kitty.

— Tu rougis ! pouffa-t-elle.

Le regard que Laurence voulait impitoyable ne la découragea nullement. Elle prit son visage en coupe entre ses mains, avec une tendresse qui lui coupa le souffle.

Lentement, il lui caressa les cuisses. Comme il aurait été facile de remonter le déshabillé aérien pour donner libre cours au désir qui montait en lui ! Mais Laurence s'y refusait. Cela aurait été l'acte le plus terrifiant qu'il n'eût jamais accompli de toute sa vie.

Il détestait l'incertitude. Or, existait-il plus grande incertitude que dans le sentiment amoureux ? Laurence n'avait jamais osé prendre le risque de s'y livrer. Sauf que ce n'était rien en comparaison de celui de perdre Kitty…

— Je t'aime, Kitty, lâcha-t-il.

— Je t'aime, redit-il d'une voix voilée que Kitty ne lui avait jamais connue.

L'émotion lui serrait la gorge, l'empêchant de prononcer le moindre mot. Tout ce qu'elle parvenait à faire, c'était à se cramponner farouchement à Laurence, comme si elle craignait de tomber de sur ses genoux. Mais il la souleva dans ses bras, la prenant contre lui telle un enfant qu'on berce. Jamais Kitty ne s'était sentie autant en sécurité de toute sa vie.

— Je t'aime, dit-il une troisième fois. Tu m'entends ?

— Oui. J'ai compris.

Les pleurs ruisselaient sur le visage de Kitty. Mais, cette fois, il lui était bien égal que Laurence les voie. Délicatement, il les effaça de son pouce.

— C'est la première fois que je dis ça à une femme, et tout ce qu'elle trouve à faire, c'est à fondre en larmes.

Il avait dit cela à la cantonade, et Kitty pouffa de rire.

— Lâche-moi, dit-elle, en s'arc-boutant des deux mains contre son torse.

— Pas question !

Puis, exhalant un bref soupir, Laurence prit ses lèvres.

Jamais il ne l'avait embrassée de la sorte. À croire qu'il cherchait à exprimer des choses qui n'existaient dans aucun langage hormis celui des baisers. Quant à Kitty, elle savait que ce qui montait en elle n'était pas seulement un besoin physique, mais le désir d'être éperdument aimée. Par cet homme.

Lorsqu'il finit par se lever et la poser au sol, ses jambes étaient tellement flageolantes qu'elle dut s'appuyer contre lui.

— Je ne sais pas comment le dire…, commença-t-elle en fermant les paupières.

Si elle avait trouvé les mots, Kitty aurait dit qu'elle voulait qu'ils demeurent comme cela pour l'éternité. Dans ce cocon de chaleur et d'amour. Qu'il lui avait tellement manqué que c'en était une souffrance physique. Que…

— Tu n'as pas besoin de me le dire tout de suite, tu sais, murmura Laurence les yeux brillants. J'attendrai que tu sois prête. Mais, j'aimerais que… Enfin, si tu veux bien…

Avec un doux sourire, il porta sa main à ses lèvres pour y déposer un baiser.

— Qu'est-ce qu'il va se passer, maintenant ? questionna Kitty d'une voix hésitante.

Laurence appuya son front au sien.

— Tu pourrais m'épouser, non ?

Relevant la tête, Kitty ouvrit des yeux ronds.

— Tu n'es pas sérieux !

Laurence éclata de rire.

— Absolument sérieux !

— Enfin… Laurence…

Le mariage ? Malgré tout, d'étranges palpitations avaient envahi la poitrine de Kitty. Quelque chose qu'elle n'avait jamais ressenti auparavant.

— Pas tout de suite, bien sûr, rectifia Laurence. Mais, au moins, nous pourrions vivre ensemble. Histoire que tu essaies la voiture avant de l'acheter…

C'était avec un sourire en coin que Laurence avait avancé cette comparaison bien peu sentimentale.

— Tu es l'être le plus insensé que j'ai jamais rencontré, soupira Kitty en posant la tête sur son épaule.

Elle sursauta lorsque les mains de Laurence vinrent se

refermer sur son postérieur. Il planta dans le sien un regard ardent.

— Kitty, fit-il, tu sais à quel point un contrat est sacré pour moi. Le mariage en est un. Et lorsque j'aurais réussi à te convaincre de m'épouser – peu importe le temps que cela prendra –, tu m'appartiendras, comme je t'appartiendrai. Ensemble, nous construirons un foyer.

Son regard se perdit dans le vague, comme s'il contemplait une vision, au loin.

Un foyer.

Ce mot résonna en Kitty, touchant cet endroit vulnérable au plus profond de son cœur dont elle ignorait qu'il fût encore aussi peu endurci.

Cependant, elle mobilisa toute son énergie afin de mettre suffisamment de mordant dans sa voix pour répondre à Laurence – sans grand succès, apparemment, puisqu'il ne cessa pas de lui sourire.

— Je ne suis pas une transaction commerciale, Laurence !

Kitty leva les yeux au ciel. Franchement, existait-il une manière moins romantique de faire sa demande en mariage !

— Non, Laurence, je ne suis pas prête à t'épouser. Tout au moins, pas pour l'instant.

— *Pas pour l'instant*, dis-tu ?

Cette précision avait allumé une lueur dans le regard de Laurence. En rougissant, Kitty nicha son visage dans son cou. Tout ce qu'elle voulait, *pour l'instant*, c'était s'enivrer de son odeur, écouter le désir qui montait en elle.

Oui, elle finirait par lui avouer son amour. Bientôt. Les mots se formaient déjà sur sa langue. Mais, à cette minute, elle était trop sens dessus dessous.

Elle insinua les doigts sous la chemise de Laurence, et le sentit qui contractait ses muscles. Pourtant il accepta qu'elle laisse errer ses mains sur lui, ne les retenant même pas lorsqu'elles s'enhardirent vers l'endroit où le désir tendait déjà l'étoffe de son pantalon. Prenant une profonde inspiration, il ébaucha un sourire, et abaissa son regard sur elle.

— Nous avons encore du chemin à faire, tous les deux, souffla-t-il.

Kitty hocha la tête, puis lui tendit ses lèvres. Un jour prochain, elle serait capable de dire à haute voix les paroles que murmurait son cœur.

Je t'aime, Laurence.

Épilogue

— C'est de mieux en mieux, chaque année, murmura Kitty à l'oreille de son époux.

Tous deux, tendrement enlacés, contemplaient le vaste jardin de leur villa de Southampton, où se pressait une foule bigarrée pour la réception annuelle de la fondation. Donateurs, présents et à venir, côtoyaient un échantillon des jeunes que Kitty avait aidés au cours des années. Sur un grand Steinway de concert, un pianiste de jazz enchaînait les mélodies connues de tous, tandis que les serveurs circulaient entre les invités avec des plateaux portant flûtes de champagne et petits-fours.

Cette fête – reconduite chaque été dans le but d'introduire les nouveaux bénéficiaires dans le programme – était en passe de devenir légendaire, attirant des sponsors du monde entier.

La fondation envisageait de s'étendre hors des États-Unis, en particulier au Ghana. Il était question d'y créer un orphelinat, une université…

Depuis maintenant un an, le foyer de Kitty et Laurence était devenu famille d'accueil pour deux préadolescentes aux joues rondes – deux sœurs, bien plus angéliques, disait Laurence, que lui-même ne l'avait jamais été à leur âge.

Son union avec Laurence avait ouvert à Kitty des horizons bien au-delà de ses rêves les plus fous. Deux âmes errantes avaient fusionné pour créer le foyer idéal.

Un foyer.

Les yeux fermés, Kitty se lova dans la chaleur du torse puissant de son époux. Il lui prit la main gauche qu'il porta à ses lèvres, les pressant sur l'anneau d'or que faisait ressortir l'ébène des doigts fins.

« Je t'aime, Laurence. »

Kitty avait fini par prononcer cette petite phrase à peine un mois après que leur relation eut quitté le domaine de la fiction pour devenir réalité. Elle l'avait chuchotée contre sa bouche, tandis que – serrés l'un contre l'autre – ils attendaient leur limousine devant le petit restaurant ghanéen où ils avaient maintenant leurs habitudes.

En cet instant, dans les bras de Laurence, Kitty s'était sentie plus en sécurité que jamais auparavant.

Laurence n'avait pas dit grand-chose, se contentant de l'étreindre plus étroitement. Cette nuit-là, il lui avait fait l'amour avec une telle fougue que Kitty avait caché son visage dans ses mains, pantelante, tandis que vague après vague de plaisir l'emportaient au septième ciel.

Ensuite, il l'avait gardée blottie contre lui, tout en murmurant dans son cou des descriptions de bagues de fiançailles, cérémonies de mariage, voyages de lune de miel, projets d'avenir...

Pour une fois, Kitty l'avait écouté sans riposter. Peu lui importait ce qu'il sortirait de tous ces discours. Tant qu'ils seraient ensemble, tout lui conviendrait.

Un foyer.

C'était ce que Laurence et elle n'avaient jamais connu. Désormais, ils en avaient un, construit ensemble. Et il était parfait.

**Neuf mois avec un Apollon,
de Chantelle Shaw - N°4477**

Lissa Buchanan n'est pas l'héritière gâtée que la presse à scandale s'évertue à présenter. En réalité, elle est du genre raisonnable. Du moins, elle l'était jusqu'à sa rencontre avec Takis Samaras. Sous le regard ardent de l'Apollon grec, elle perd soudain le contrôle et s'offre dans ses bras une nuit de plaisir. Une nuit qui entraîne son lot de conséquences. Quand Lissa révèle à son amant qu'elle attend un enfant de lui, Takis exige aussitôt qu'elle l'épouse…

Une maîtresse si délicate, de Carol Marinelli - N°4478

Rien n'avait préparé Mary au choc que lui cause sa rencontre avec Costa Leventis. Aussi sûr de lui qu'elle est réservée, l'homme d'affaires grec la séduit d'un seul regard. Parce qu'il la tire d'une situation délicate, il suscite également en elle respect et admiration. Autant d'émotions qui lui sont interdites, Mary le sait. De condition modeste, elle n'a pas sa place dans le monde glamour de Costa. Et penser le contraire serait pure folie… n'est-ce pas ?

**Le mariage de Matteo Vitale,
de Melanie Milburne - N°4479**

Directrice d'une agence matrimoniale, Emmaline est soucieuse de satisfaire aux desiderata de ses clients. Mais le dernier en date, le milliardaire Matteo Vitale, a une requête des plus inhabituelles : il ne recherche pas l'âme sœur mais plutôt une femme qui lui donnera un héritier. Intriguée, et pour mieux le comprendre, Emmie accepte de séjourner dans la villa italienne de Matteo. Or, à son contact, elle en vient à se demander si elle ne pourrait pas être, pour Matteo, l'épouse idéale…

**Le play-boy de Monrosa,
de Katrina Cudmore - N°4480**

Invitée à séjourner dans la résidence londonienne des Monrosa en leur absence, Alice ne s'attend pas à voir débarquer le prince Luis en personne ! Alors qu'elle aspirait à la solitude le temps de terminer sa thèse, la voilà contrainte de vivre sous le même toit que ce play-boy trop sûr de lui. Peu à peu, pourtant, Luis révèle une autre facette de sa personnalité, bien plus séduisante et à laquelle Alice ne saurait résister bien longtemps…

Belle comme un joyau, d'Abby Green - N°4481

Héritier d'un empire joaillier, Daniel Devilliers côtoie stars de cinéma, têtes couronnées et chefs d'État. Tous lui mangent dans la main, excepté une femme. Mia Forde, la sublime mannequin avec laquelle il a entretenu une liaison passionnée, a disparu de sa vie du jour au lendemain. Aussi est-il stupéfait de la retrouver à l'occasion de l'inauguration de sa luxueuse boutique de la place Vendôme. Parée de bijoux, plus belle que jamais, celle qui hante ses nuits depuis deux ans lui révèle qu'ils ont eu ensemble une petite fille…

La nuit de noces d'une princesse, de Jackie Ashenden - N°4482

« L'épouse oubliée » : tel est le surnom que la presse lui a donné. Et pour cause : bien qu'Inara soit mariée au prince Cassius depuis cinq ans, celui-ci vit loin d'elle et ne lui rend visite qu'en de rares occasions. Jamais ils n'ont consommé leur union de papier, au grand désarroi d'Inara qui se languit de Cassius en secret. Or voilà qu'aujourd'hui il se présente à elle pour lui demander le divorce ! Bouleversée, Inara décide alors de prouver à Cassius qu'elle est la femme de sa vie – et sa reine…

Passion en Croatie, de Jessica Gilmore - N°4483

Depuis toujours, Lily suit un plan bien établi. De brillantes études l'ont conduite à devenir une avocate talentueuse ; elle collectionne les succès. Seulement, le jour où elle est confrontée à un drame, elle réalise qu'elle a oublié de vivre ! Et c'est sur une splendide île de Croatie qu'elle décide de s'accorder un répit… Dès son arrivée, elle est conquise par le décor à couper le souffle : le bleu de la mer, l'écume des vagues, la chaleur du sable sous ses pieds sont comme un baume sur son cœur meurtri. Quant à Damir, le mystérieux Croate qu'elle vient de rencontrer, il lui donne l'envie d'aimer. Mais peut-elle se l'autoriser alors qu'elle sera repartie à la fin de l'été ?

La garde et le duc, de Marcella Bell - N°4484

SÉRIE : *GARDE ROYALE* - 3/3

Membre de la garde royale de Cyrano, Jenna ne vit que pour protéger sa reine et servir son pays. Or, pour la première fois de son existence, elle est détournée de son devoir par un homme. Sebastian, duc de Redcliff, l'attire tant et si bien qu'elle succombe à la passion entre ses bras. Mais très vite Jenna comprend qu'elle a commis une erreur en cédant à la tentation. Non seulement elle est persuadée que Sebastian n'est pas celui qu'il prétend être, mais surtout elle attend désormais un enfant de lui…

Conquise par l'ennemi, de Heidi Rice - N°4485

SÉRIE : *NUITS D'ÉTÉ* - 1/2

Jamais Cassie n'aurait dû accepter la mission que lui a confiée son patron : assister à un mariage fastueux pour approcher Luke Broussard et percer ses secrets. Elle n'a rien d'une espionne industrielle et craint en effet d'être démasquée. Dès leur rencontre, le magnat de la technologie se révèle aussi mystérieux qu'arrogant. Surtout, il est irrésistible et fait perdre tous ses moyens à Cassie. Au point qu'elle accepte de l'accompagner sur son île privée et bientôt, de devenir sa maîtresse…

L'épouse de papier, de Kim Lawrence - N°4486

Maya est stupéfaite. Sa demi-sœur, qu'elle n'a encore jamais rencontrée, vient de lui abandonner son bébé, l'adorable Mattio. Pour comble, un certain Samuele se présente bientôt comme l'oncle de l'enfant – et exige de le reprendre sous peine de poursuites. Très attachée au petit, Maya se tient prête à affronter Samuele quand celui-ci lui suggère de résoudre leur différend… en l'épousant !

Troublante surprise, d'Annie West - N°4487

Elle est… enceinte ? Partagée entre incrédulité et angoisse, Imogen ne sait comment réagir lorsqu'elle apprend cette surprenante nouvelle. La nuit de passion qu'elle a vécue quelques semaines plus tôt entre les bras de l'irrésistible Thierry Girard était censée rester sans suite ! Pourtant, cet enfant qui grandit en elle, elle l'aime déjà de tout son cœur. Hors de question de le priver de la vie heureuse qu'il mérite ! Résolue à aller trouver Thierry pour lui annoncer sa future paternité, elle ne peut s'empêcher de redouter la réaction de cet incorrigible séducteur, qui a toujours affirmé que jamais il ne s'engagerait avec une femme…